LA

MALÉDICTION DE PARIS.

ÉLIE BERTHET.

LA

MALÉDICTION

DE PARIS,

PRÉCÉDÉE DES

SOUVENIRS D'UNE CIGALE PYTHAGORICIENNE.

PARIS

PASSARD, LIBRAIRE-ÉDITEUR,

QUAI DES GRANDS-AUGUSTINS.

1852

À mon ami Louis Huart,

Élie Berthet —

INTRODUCTION.

En publiant ce petit livre, d'un genre nouveau
pour lui, l'auteur de la *Malédiction de Paris* croit
devoir protester contre toute intention d'allusion
aux idées politiques qui sont à l'ordre du jour.
Les divers morceaux qui composent l'ouvrage ont
été écrits depuis longtemps, pour la plupart, à
des époques différentes et bien avant les événe-
ments considérables qui ont montré une face nouvelle de la société. Ce livre n'appartient donc à
aucun parti, à aucune école philosophique; c'est
une fantaisie littéraire et rien de plus.

L'auteur, dans le cadre plus ou moins ingénieux d'une fiction, a cherché de la poésie ; il ignore s'il en a trouvé, mais il n'a pas cherché autre chose.

On ne saurait donc lui imputer à crime, pas plus que dans les romans ordinaires, les opinions qu'il met dans la bouche de tel ou tel de ses personnages. Il n'affirme rien ; il expose au point de vue d'une fable ou d'une donnée, mais sans accepter la responsabilité des opinions émises, d'autant plus qu'elles sont souvent contradictoires.

D'ailleurs, au temps où nous vivons, la pensée, en dépit des entraves dont on la charge encore passagèrement, ne doit plus être enveloppée de voiles mystérieux, cachée sous un masque allégorique. Il y aurait une sorte de lâcheté à reculer devant ses conséquences, quelles qu'elles pussent être, et l'écrivain loyal doit moins redouter l'opposition extérieure du monde que les reproches intérieurs de sa conscience.

Il sera facile de reconnaître à la lecture que l'auteur, en justifiant ainsi d'avance ses intentions, a cédé à un excès de scrupules et que rien n'est plus inoffensif que *la Malédiction de Paris*. Si cependant quelqu'un de ces trouveurs habiles, qui découvrent dans les ouvrages ce que l'on n'a pas voulu y mettre, persistait à voir dans celui-ci des tendances vers telle ou telle théorie en vogue, vers tel ou tel ordre d'idées dominant ou vaincu à l'heure où nous sommes, on pourrait répondre ceci :

Le rêveur solitaire qui, le soir, assis au coin de la cheminée, regarde fixement son foyer paisible, voit toutes sortes de formes fantastiques s'agiter dans la flamme tremblotante. Ce sont tantôt des dragons étincelants qui livrent bataille à des salamandres gigantesques, tantôt des guerriers, aux brillantes armures, qui s'escriment contre des châteaux embrasés ; puis, des figures cornues qui grimacent ou des démons hideux qui brandissent leurs fourches rougies.

L'heureux oisif qui, couché sur le gazon, contemple par un beau jour les nuages du ciel, découvre, dans ces vapeurs flottantes, de brillants palais de cristal, des éléphants chargés de leurs tours; des condors aux longues ailes, aux yeux de diamant, à la crête pourprée; de grands crocodiles à la gueule béante, étalant leur triple rangée de dents formidables.

Qu'y a-t-il de réel dans ces visions?

Une action chimique de l'oxigène et quelques atômes de brouillard d'un côté; un *quantum sufficit* d'imagination chez l'observateur.

Paris, ce 25 juin 1851.

SOUVENIRS

D'UNE

CIGALE PYTHAGORICIENNE.

—

HISTOIRE DE LA VIE DE L'HOMME.

PREMIÈRE JOURNÉE.

I

Le soleil vient de se coucher, et le vent du soir fait déjà frémir le feuillage. Insectes du crépuscule, vous qui aimez le calme et la solitude des forêts, venez autour de moi ; je vais conter les aventures et les nombreuses transformations de mon existence ; venez près du vieux tronc d'arbre renversé où j'ai établi ma demeure.

Un champignon nous couvrira tous et formera notre salle d'assemblée; les vers luisants éclaireront la compagnie avec leur lanterne mobile. Prenez place, mon voisin le grillon, vous chanterez plus tard ; et vous, scarabée des chemins, cessez de bourdonner autour de la pierre qui borde la grand'route. — Faites le cercle autour de moi, mes bons amis.

Bien. Êtes-vous tous placés? — Sphinx du laurier-rose, vos antennes flottantes empêchent de voir cette petite phalène blanche qui est derrière vous. — Cantharide, ma mie, ne craignez donc pas tant d'enfariner vos élytres en vous pressant contre les ailes cotonneuses de l'écaille-marbrée. — Si le scarabée et le bombix feuille-morte se rapprochaient un peu, il y aurait une petite place pour ce curieux de criocère du lis, qui avance sa jolie tête rouge et ses yeux noirs, afin d'apercevoir l'auditoire. — Maintenant je commence.

Il y a pourtant quelque chose encore qui m'impatiente ; c'est ce vilain rossignol qui chante là-haut dans le grand chêne. — Mais il est inutile de prier de se taire un orgueilleux de cette espèce. Parce que cela a des plumes grises et un gosier long comme les antennes du capricorne, cela croit avoir le droit d'é-tourdir toute une honnête réunion d'insectes qui désire s'instruire en écoutant les leçons de la sagesse. — M'y voici donc.

II

Illustre cerf-volant, car c'est à vous que je m'adresse principalement comme au personnage le plus important de cette compagnie ; — vénérable paon de nuit ; — vous tous, sphinx, phalènes nocturnes et crépusculaires ; — vous, lampyres pleins de lumières ; — scarabées verts, bleus, jaunes et de toutes les couleurs ; — sans vous oublier aussi, gracieux animalcules qui êtes assis au premier rang, — veuillez m'écouter avec indulgence et bonté.

Vous avez vu sans doute un animal immense et à deux pieds qui se promène parfois dans nos campagnes : c'est lui dont les pas lourds vous ont effrayés quand, par un beau jour, vous entonniez votre plus joyeuse chanson, cachés entre deux feuilles vertes. Mais ce bipède n'étant peut-être pas connu de vous tous, je vais en faire la description.

Il n'a pas d'ailes peintes comme les papillons, ni d'élytres polis comme les coléoptères, ni de membranes pour se soutenir en l'air comme les chauve-souris, ce qui montre combien la Providence s'est peu souciée de lui, et combien il est placé bas dans l'échelle des êtres. — Il n'a pas de labre pour découper finement le feuillage, ni de trompe pour aspirer le suc des fleurs, ni d'écailles harmonieuses pour charmer le voisinage. Il est aussi nu que le ver avec lequel vous avez souvent dispute, ma bonne amie la courtillière. Quoiqu'il soit fier de sa force et de sa puissance, il ne sait pas construire des cellules avec autant de régularité que l'abeille, les travaux de la guêpe lui ont toujours paru inimitables, et, pour ma part, je puis assurer qu'il n'entend rien à la musique. — Enfin, quoiqu'il soit obligé de ramper à terre, il n'a qu'une paire de pattes, et, pour comble de ridicule, ses mâchoires se meuvent toujours de haut en bas : — c'est un être tout à fait disgracié.

Parmi les hommes, ces animaux monstrueux que je viens de vous dépeindre, il est une espèce appelée *philosophes*, et parmi ces philosophes, une secte appelée *pytha-goricienne*, qui a des idées assez justes, à mon avis, sur la création. Elle considère le principe vital comme sujet à une infi-nité de transformations successives qui se rapprochent de plus en plus d'une per-fection idéale. C'est fort bien jusqu'ici ; mais l'homme prétend encore que la per-fection c'est lui, — et voilà où je proteste de toutes mes forces : car je vous jure que j'aime mieux être une vieille artiste de cigale que d'être homme. — Au moins je sais où je dois trouver ma nourriture, comment je dois vivre, où je dois loger ; la nature y a pourvu pour moi, et elle n'y a pas pourvu pour lui.

Je ne vous conterai pas pour cette fois
comment j'ai pu connaître cette opinion de
l'homme ; je vous dirai seulement qu'elle
me paraît sage en plusieurs points, et que je
suis la preuve vivante de sa justesse, car je
me souviens d'avoir été plante et animal
avant d'être ce que je suis aujourd'hui, —
d'avoir été jacinthe, papillon et autre chose
encore.

Ne secouez pas ainsi votre tête vénérable,
illustre cerf-volant ; que la compagnie n'a-
gite pas ainsi toutes ses pattes à la fois, si
elle veut que je poursuive. — Je ne suis pas
une radoteuse, et si quelqu'un vous jette de
la poudre aux yeux, c'est tout simplement
cette phalène étourdie qui bat des ailes sans
sujet.

Oui, j'étais une jacinthe, avec de longues feuilles luisantes, étalées sur l'herbe, avec une grappe de petites fleurs violettes qui se balançait doucement à un souffle léger. Je baignais ma bulbe dans un joli ruisseau, dont les flots de cristal venaient me caresser. Un vieux saule me couvrait de son ombre, et une iris me défendait avec ses sabres verts. J'étais entourée de plantes comme moi, de bonnes amies qui ne pouvaient me nuire et à qui je ne nuisais pas. Nous étions là toutes gracieuses, toutes suaves, toutes coquettes, — et la marguerite avec sa couronne de pourpre, — et la mignonne campanule à feuilles de lierre, qui se traînait languissamment sous quelques brins d'herbe, — et la violette solitaire, qui conservait encore sa gouttelette de rosée quand le soleil avait

déjà séché la nôtre. Nous laissions complai-
samment les chrysalides suspendre à nos fo-
lioles leurs coques de soie blanche, et nous
abandonnions sans murmurer notre miel
aux insectes affamés. Nous avions des signes
pour nous comprendre ; nous nous disions
nos joies et nos espérances. Nous penchions
mélancoliquement nos corolles dans nos
tristesses ; nous les redressions radieuses
et brillantes dans nos plaisirs ; — et quand
le soir était beau, l'air pur comme aujour-
d'hui, quand la nature faisait silence aux
approches de la nuit, nous élevions nos
parfums vers le ciel, et ils parvenaient jusqu'à Dieu.

Oh ! j'étais bien heureuse quand j'étais
jacinthe ! La sève montait toute seule dans
ma tige, et la beauté me venait avec la sève ;

la nature me souriait comme une mère. Un éther aussi léger que le duvet de la pêche me revêtait mollement. — Le ruisseau apportait à mes pieds de petites bulles de cristal qui brillaient comme des perles. — Souvent une fourmi, embarquée sur une feuille morte, venait aborder près de moi ; puis après s'être reposée dans ma fleur, la pauvre voyageuse me remerciait dans son langage de mon hospitalité.

Mais elle est bien courte, mes amis, l'existence d'une jacinthe ! — Un jour il s'éleva un grand orage ; le ruisseau se gonfla, écuma comme un torrent ; il roula des pierres et des troncs d'arbre ; je fus arrachée de la prairie avec mes compagnes, et je me desséchai misérablement sur un roc aride où le torrent m'avait laissée en se retirant.

III

Je ne sais quel temps s'écoula, quelle transformation s'opéra dans mon être; mais un jour je me trouvai sortir d'un petit œuf gris caché sous l'écorce d'un arbre.

J'étais devenue une charmante chenille d'un vert tendre, avec des bandes orangées et des houppes de soie brune. Paresseuse et casanière, je passais ma vie sur un fenouil

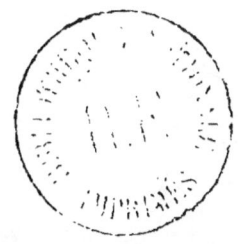

odorant qui me servait de nourriture, et je
ne m'en écartais jamais. Ce fenouil était
mon domaine à moi, un petit royaume dont
j'étais la souveraine. Je me promenais avec
orgueil sur sa tige lisse et polie ; j'étais fière
de son port gracieux, de ses feuilles sveltes
et finement découpées ; il me semblait que
c'était pour moi seule que Dieu l'avait fait
naître.

Mes jeux étaient paisibles comme ma vie :
— tantôt je m'amusais à coller contre une
jeune pousse de minces fils d'argent, et à
m'y suspendre pour me balancer ; — tantôt
je grimpais à la cime de ma plante chérie, et
là je recevais, à travers son ombelle mou-
vante, les rayons du soleil.

Il vint une époque néanmoins où je sentis
la vie s'agiter en moi. J'étais inquiète, il me

semblait que mon existence n'était pas complète encore. Je me pris à envier les ailes
du moucheron, le vol hardi de l'abeille ; je
voulais les sucs qu'on trouve au sommet
des grands arbres, l'air qu'on respire dans
les hautes régions. Ma robe orangée ne me
paraissait plus si belle ; mon corps me pesait
pour parcourir l'espace ; le monde où je vi-
vais me semblait trop étroit pour me contenir, et je ne comprenais pas que toutes
ces aspirations précédaient un nouveau
changement où mes vœux seraient comblés !

Ici mes souvenirs s'éteignent encore ; mes
membres s'engourdirent ; je tombai dans un
sommeil léthargique voisin de la mort.

Mais je m'éveillai ! — Je m'éveillai avec
un corps mince et effilé pour fendre l'air,
avec des ailes pour monter vers la lu-

mière ! — Oh ! ce fut un moment délicieux que celui où je me sentis renaître au milieu d'une nature resplendissante de jeunesse et de beauté, où je repoussai avec dédain mon enveloppe de chrysalide, où je m'élançai, papillon superbe, vers un ciel éblouissant !

Tout m'appartenait maintenant, les arbres, les forêts, les fleurs, les montagnes ; toute la terre me souriait comme à une fiancée. — Cet étroit horizon que je prenais pour un monde immense quand je n'étais qu'une pauvre chenille lente et paresseuse, je le parcourais d'un coup d'aile, — ces ruisseaux de la prairie que je considérais comme de vastes fleuves, je les franchissais d'un bond.

Et puis j'avais la liberté ! — La liberté dorait la campagne d'un reflet plus chaud en-

core que ne faisait le soleil; — la liberté
donnait des odeurs plus enchanteresses au
nectar dont je me rassasiais, plus de frai-
cheur à la rosée dont j'humectais ma bouche
le matin; — la liberté c'était l'air délicieux
que j'aspirais par tous les pores, le mouvement continuel de mes membres, l'activité
qui tout le jour m'emportait à travers les
champs et les forêts.

Je n'enviais plus rien alors; j'étais si heureux!

Je disais aux fleurs : « Voyez, j'ai des couleurs aussi vives que les vôtres, et je ne suis
pas obligé de me pencher et de me flétrir
dans le lieu même où je suis né! »

Je disais aux ruisseaux « Je ne suis pas
emprisonné entre deux rives, l'étendue tout
entière est à moi! »

N'est-ce pas que c'était mal de m'arracher à cette poésie, de m'empêcher de jouer mon humble rôle sur cette scène de la solitude, de m'enlever à cette nature dont j'étais une partie harmonieuse?

Je vous ai déjà parlé d'un animal bipède vicieux et méchant, fier et destructeur. C'est à une jeune femelle de cette espèce que je dois le regret de ne pas être encore peut-être un beau papillon flambé, avec des ailes jaunes tachetées d'azur.

Un jour d'été, je voltigeais dans un jardin. L'air était tiède, le ciel sans nuage. Capricieux et folâtre, j'allais de fleur en fleur ; je passais du chrysanthème rose à l'épi bleu du napel, je cachais ma tête dans les pétales bariolés de l'œillet, et puis j'allais teindre mes pattes avec la poudre d'or des lis.

Tout-à-coup, dans l'ombre, sous un berceau de tilleuls, j'aperçus une jeune fille (c'est ainsi, honorables insectes, qu'on appelle les jeunes femelles de bipèdes); elle ne semblait ni cruelle ni méchante ; rieuse et folle, elle sautillait dans les allées du jardin , et faisait à peine crier sous ses pas le sable qu'elle foulait. — J'aurais pu la prendre pour une habitante de l'air comme moi.

Aussitôt qu'elle me vit, elle s'approcha lentement, sur la pointe de ses pieds mignons ; — on eût dit qu'elle craignait de m'effaroucher. Ses mouvements étaient moelleux, elle retenait son haleine. Au lieu de venir directement vers le dahlia sur lequel je m'étais établi comme sur un trône de pourpre, elle fit un détour pour ne pas m'effrayer de son ombre. — Et moi, présomptueux, sans expérience, j'étais fier d'exciter son attention, et je restais immobile.

Déjà je pouvais me mirer dans ses yeux de saphir, déjà je sentais son haleine agiter les filets de mes antennes, et pourtant je ne fuyais pas. Je voulais qu'elle me vît de près, — de bien près, — afin qu'elle pût admirer tout à l'aise les magnifiques peintures faites sur mes ailes par une main divine.

Enfin je voulus fuir ; il n'était plus temps. Deux doigts perfides avaient saisi ces ailes que j'étalais avec tant d'orgueil. En vain je cherchais à me débattre pour échapper à mon ennemie ! Elle riait en sentant mon corps frissonner de douleur et de colère, en voyant mes couleurs délicates s'attacher à ses doigts.

« Pourquoi m'enlever la liberté et la vie?

lui dis-je ; que vous ai-je fait?—J'ai été jeté comme un ornement dans la campagne ; je suis inoffensif comme la verdure, comme la lumière. — Que vous importe un pauvre insecte? Il ne demande que sa petite part dans le suc des fleurs et dans l'air de vos jardins ! »

Mais ma voix était trop déliée pour être entendue de ces organes grossiers. La jeune fille riait toujours en regardant mes efforts désespérés pour m'enfuir ; elle s'amusait de mes convulsions, de mes tortures. Puis un mouvement de pitié la porta sans doute à les terminer d'un coup. — Je sentis une longue pointe de métal transpercer mon corselet.

... Et maintenant, ceux de l'honorable société qui se sont endormis sont priés de se réveiller; je ne continuerai pas aujourd'hui le récit de mes aventures.

Demain, si cela vous convient, je vous dirai comment je suis devenue musicienne et cigale. Mais il est déjà tard : notre agaric est humide du brouillard blanc qui s'élève du ruisseau et les lanternes de nos amis les vers luisants commencent à pâlir et à s'éteindre. — Merci, débonnaires insectes, d'avoir bien voulu m'écouter avec patience. — Le bupreste fauve a ri malignement plusieurs fois pendant mon récit. —Vous êtes un étourdi et un espiègle, bupreste fauve ! — Vous auriez dû prendre exemple sur la gravité et le recueillement des hannetons.— Il est vrai qu'ils se sont un peu assoupis, parce que voici l'heure du sommeil de ces honnêtes coléoptères.

DEUXIÈME JOURNÉE.

I

La nuit a été assez bonne, merci. — Cantharide, ma mie, les feuilles de frêne sont-
elles bien fraîches ce matin? Et vous,
criocère écarlate, les nervures du lis sont-
elles tendres? Respectables hannetons, j'es-
père que votre sommeil n'a pas été troublé
par les voix chevrotantes de ces grenouilles,
qui ont coassé si longtemps hier au soir?

Rien n'est fatigant comme un semblable voisinage pour des insectes rangés qui savent que la nuit est faite pour dormir.

Moi, j'ai rêvé d'oiseaux goulus et d'herbes fanées ; un pierrot me tenait à son bec, et ne pouvait m'avaler à cause de mon embonpoint de vieille personne. Je criais d'une manière lamentable dans son gosier jaune, et le monstre me tenaillait entre ses larges mâchoires de corne. — Mes amis, je ne suis pas superstitieuse, mais quelqu'un de vous pourrait-il m'expliquer cet horrible songe ?

Vous désirez que je vous raconte la suite de mes aventures et de mes transformations; le moment est bien choisi ce matin. Le soleil levant s'enveloppe frileusement dans ses nuages d'or, comme un ver à soie dans sa coque, et la brise apporte, en passant sur les hautes herbes, des atomes de rosée pour nous rafraîchir. Ces touffes de menthe, qui croissent au bord du ruisseau, exhalent une odeur délicieuse ; jamais les plantes n'ont été aussi vertes, les feuilles de l'argentine aussi brillantes, la fleur de la renoncule aussi élégante et aussi coquette. — Allons, je vais vous satisfaire ; la vieillesse est conteuse et se plaît dans ses souvenirs !

Il nous manque beaucoup de nos auditeurs d'hier au soir. — Faucheux, vous serez un excellent courrier ; rendez-nous le service de parcourir le voisinage sur vos longues pattes de sept lieues, et d'aller annoncer à tous les scarabées, papillons, sauterelles, grillons, phalènes, *et cœtera*, que je vais

parler. — **Par** ici, les retardataires ! —
Grande araignée des jardins, astronome
éternel, est-ce donc le moment de regarder le
soleil à travers votre loupe de rosée? Allons,
descendez de votre observatoire de fil d'argent, et venez prendre place dans la foule
qui se presse autour de moi. — Abeilles qui
passez, chargées de miel et de cire, arrêtez-
vous un moment; on est donc bien pressé à
la ruche aujourd'hui? — Oh! l'avare fourmi, qui préfère à la science un quartier dé-
charné de moucheron !

Maintenant que je suis assurée de ne pas
prêcher dans le désert, où trouverons-nous
un abri? Notre champignon d'hier, notre
magnifique agaric, n'est plus qu'une ruine
ce matin. Hier il paraissait devoir être éternel; son dôme immense, soutenu par son

robuste pilier, enfermait des populations sous ses vastes contours; des armées entières de cirons, avec leurs chariots et leurs bagages, eussent pu se mettre en embuscade dans l'intervalle de ses lamelles, et les plus hauts panaches des bombix n'atteignaient pas à sa voûte majestueuse. Le ciel s'appuyait sur sa vaste couverture qui s'étendait à perte de vue, et formait à elle seule un horizon. Que reste-t-il aujourd'hui de ce superbe édifice? Le dôme s'est écroulé sur son pilier abattu, et ce soir ces ruines seront devenues poussière. — Prenons place dans cette vieille souche creuse, et admirons la fragilité des grandes choses de ce monde !

Je vous ai raconté, paisibles citoyens de la terre et de l'air, mon existence de petite plante fleurissant au bord du ruisseau, mes aspirations de chenille rêveuse quand j'habitais un fenouil odorant, mes joies et mes malheurs quand j'étais un papillon léger et inconstant. — Aujourd'hui je vais vous parler d'ambition, de combats et de gloire. Aux passions douces, à la poésie de mes premières transformations, vont succéder des passions impétueuses, désordonnées. Je ne serai plus jacinthe paisible, chenille contemplative ou flambé innocent, je deviendrai cétoine à cuirasse dorée et je serai un insecte valeureux.

La cétoine dorée est-elle ici? — Non, sans doute; elle est encore endormie au sein de quelque fleur fraîche éclose. Voilà ce qu'il en coûte de folâtrer le soir tard, comme un muguet débauché, et de rentrer dans sa maison de feuilles de rose quand les autres insectes sont déjà couchés. — Excusez la cétoine dorée, mes amis. Elle s'énerve dans les plaisirs, mais son courage est indomptable à la guerre ; elle jouit des douceurs de la vie, mais elle sait combattre pour la défendre et l'exposer noblement dans un but généreux.

Ainsi que je vous le disais, j'ai été aussi cétoine dorée. Mon corselet était luisant comme un bronze poli, et quand le soleil donnait sur mon armure, il en sortait des reflets éblouissants. Mes yeux brillaient sous ma visière, et si mes ailes métalliques se choquaient belliqueusement l'une contre l'autre, mes ennemis s'enfuyaient épouvantés. Mon panache se balançait fièrement sur ma tête et j'avais à mes pattes de beaux éperons d'or, comme un véritable chevalier.

J'étais aussi brave, aussi adroit que j'étais beau, et quand je m'étais établi dans une fleur, ni papillons ni abeilles n'osaient en approcher. Les frelons les plus turbulents s'inclinaient avec respect devant moi, et les limaçons me saluaient en agitant les grands tubes de leurs yeux. Souvent des essaims de petits moucherons me faisaient la cour et leurs poètes, tout en voltigeant, chantaient mes louanges dans un langage argentin.

Combien j'aimais à mêler mon bourdonnement guerrier aux doux concerts de la nature, quand la nuit était venue! Que de légèreté quand je dansais au bal champêtre des insectes, et quand je battais de

glorieux entrechats vis-à-vis de quelque
jolie femelle! Comme nous tournoyions dans
l'air au bruit de la valse, — elle en exhalant l'odeur de l'œillet, et moi l'odeur du
chèvre-feuille, — elle timide et silencieuse,
moi tendre et pressant! — Comme nous
nous jetions étourdiment dans les jambes du
gros scarabée, chef d'orchestre, qui battait
la mesure sur une groseille à demi-mûre, et
que de fois en passant j'ai renversé avec
mon aile les cymbales bruyantes du grillon!
Que de fois, au milieu du tourbillon où
j'entraînais ma compagne, j'ai froissé brusquement deux craintives libellules qui se
plaignaient d'une voix douce de notre impo-
litesse, et que nous n'écoutions pas, tant
nous étions enivrés par le plaisir! Que de
fois j'ai effrayé, en relevant mes palpes

4

comme la moustache d'un gendarme, quelque sphinx moraliste qui s'avisait de blâmer notre pétulance et notre gaîté !

II

J'avais établi ma demeure dans la fleur
terminale d'une majestueuse rose trémière.
Je méprisais ces plantes frêles et terre à terre
qui ne peuvent s'élever plus haut que le vol
de la sauterelle des prairies ; et comme un
puissant baron du moyen-âge, j'avais placé
mon château dans un lieu inexpugnable. C'é-
tait là que j'amenais ma compagne chaque

soir. Si quelque rival osait me la disputer, je le combattais à outrance, et vainqueur j'emportais ma conquête. — Puis nous passions de longues nuits d'amour.

Une de ces nuits d'été, je reposais auprès de mon amante, mollement étendu sur le pistil odorant de ma fleur favorite. Dans un demi-sommeil plein de délices, j'entrevoyais les plus gracieuses images. De temps en temps je jetais un regard sur ma charmante compagne qui sommeillait paisiblement auprès de moi, et j'admirais ses couleurs brillantes à la clarté indécise des étoiles.

— « Dors, lui disais-je, et que tes songes soient aussi doux que les parfums de la fraise ! Demain, au lever du jour, tu prendras ton vol ; tu t'es reposée cette nuit dans la fleur de la rose trémière, demain tu reposeras sur les pétales élastiques de la tulipe, et l'autre nuit encore dans la corolle blanche du syringa! »

Ainsi je parlais à ma compagne qui ne m'entendait pas. Puis je demeurais silencieux, le cœur inondé de volupté.

Tout-à-coup il s'éleva au-dessous de nous un bruit lointain et léger. C'était comme le sourd murmure d'une multitude d'animalcules; on eût dit de petites voix étouffées qui se mêlent, — de corps qui se traînent dans les rugosités d'une tige, — de millions de pattes qui se fraient péniblement un passage à travers les obstacles d'une surface cotonneuse. Ce bruit ne m'effraya pas d'abord et ne put me tirer de ma langueur. Mais il devint de plus en plus fort; je commençais à reconnaître le tumulte d'une marche et, quoique les arrivants parussent prendre toutes les précautions imaginables pour tomber sur moi à l'improviste, une sorte de bourdonnement involontaire les trahissait. Bientôt je sentis ma fleur trembler à sa base ; la cadence des pas, le cliquetis des jeunes feuilles que l'on traversait, ne me laissaient plus de doute ; — j'allais être attaqué par de nombreux ennemis.

Sans éveiller ma compagne, je me précipitai à une embrasure entre deux pétales et je plongeai un regard inquiet dans les immenses abîmes qui s'enfonçaient autour de moi. La lune éclairait ce côté de la rose trémière et il n'y avait rien qui pût justifier mes craintes. Aussi loin que ma vue pouvait s'étendre, la haute tige était déserte. Pas un insecte ne se montrait dans toute son étendue et sur les fleurs situées au-dessous de la mienne. Rien que le duvet mat de la plante gigantesque et des fibrilles desséchées qui pendaient çà et là aux fruits déjà mûrs !

Cependant le bruit grandissait toujours , et malgré les apparences, je sentais le danger devenir pressant.

D'un bond j'atteignis le côté opposé de mon château. Là, un large pétale m'empêchait d'examiner commodément les alentours ; je me couchai dessus jusqu'à le faire plier, et, avançant la tète sur le précipice , je sondai des yeux l'espace sans bornes qui m'environnait. Mais l'ombre que projetait ma plante natale m'empêchait de rien distinguer ; les couleurs se confondaient dans l'obscurité.—Oh ! que n'aurais-je pas donné en ce moment pour avoir votre télescope de rosée, araignée des jardins !—Je savais qu'il y avait devant moi des ennemis nombreux, et je ne pouvais les reconnaître. Il me fallait attendre dans l'inaction, quand j'étais menacé de perdre cette fleur que je possédais par le plus sacré et le plus imprescriptible des droits, celui de premier occupant !

Enfin, pourtant, mes yeux s'habituèrent à l'obscurité, et je commençai à apercevoir les assaillants. Ils formaient une longue colonne serrée qui suivait exactement la ligne d'ombre. La tête de cette colonne était déjà parvenue à la base de mon fort ; l'autre extrémité se perdait dans le lointain et allait peut-être jusqu'à la racine de la plante. Une foule de petits points, de couleur foncée, couvraient la tige , et se glissaient à plat ventre avec des précautions infinies. Si je n'avais vu cette surface mobile et fourmillante , j'eusse pu me laisser prendre à la ruse de guerre. De distance en distance , quelques autres points, arrêtés sur les limites de la ligne d'ombre , semblaient des officiers qui surveillaient la marche et servaient de guidons. Un ordre parfait régnait dans ces manœuvres ; de temps en temps une étroite bande blanche marquait la séparation entre les différents corps de troupes ; la plus stricte discipline paraissait régner dans les rangs, et certes, le chef qui avait conçu ce plan de campagne devait être un grand général parmi les siens.

Vous désirez sans doute, mes chers audi-

teurs, savoir quelle était cette formidable
armée qui venait ainsi me surprendre et
s'emparer, par escalade, de mon habitation? Ce n'était rien moins qu'un puissant
peuple de pucerons, dont le roi ambitieux
préférait les roses trémières à toutes les autres fleurs du monde. Ce monarque, belliqueux par caractère, enviait depuis longtemps mon château élevé au sommet culminant du jardin, et je soupçonne qu'il avait
l'intention d'en faire la capitale de son empire. Il paraît qu'il avait passé une partie de
sa vie à mûrir ses grands projets; puis,
ayant levé sa nation en masse, il avait pro-
fité de cette belle nuit où je me livrais
aux délices et à la mollesse, pour les mettre
à exécution.

Je ne me laissai pas effrayer par la force

imposante des troupes et la tactique du chef
expérimenté ; aussitôt que je sus à quels adversaires j'allais faire face, je me sentis plein
d'intrépidité. Il me parut beau de les combattre seul, pendant que ma compagne serait
livrée au sommeil ; à son réveil je lui pré-
senterais la palme de victoire, et je lui mon-
trerais les corps des vaincus !

Mon parti pris, je n'attendis pas d'être attaqué le premier, et je m'élançai de mes
remparts. L'ennemi, se voyant découvert,
bannit toute précaution et se livra sans con-
trainte à sa fureur guerrière. Des cris
bruyants partirent de toutes les bouches,
les mandibules se choquèrent avec ardeur,
des bataillons entiers s'élancèrent à l'assaut.
—Pauvres misérables pucerons qu'ils étaient!
je les écrasais comme un marteau ; mes tar-

ses dorés étaient couverts de leur sang.

— « Ah ! félons et déloyaux, leur disais-
je, voleurs de nuit, dévaliseurs de roses trémières, vous serez punis de vos desseins perfides ! à bas, à bas, vilains mécréants, ou
pas un de vous ne restera pour aller porter
la nouvelle de votre défaite au pays des pucerons ! »

La plupart du temps je me contentais de
les arracher par régiments entiers à la tige,
et de les balayer d'un coup de patte dans le
précipice. Les uns criaient merci et voulaient
se rendre, d'autres poussaient des impréca-
tions et redoublaient d'intrépidité. Au milieu de cette obscurité profonde, je tuais et
j'égorgeais au hasard.

Combien de héros illustres j'ai ainsi écrasés d'un coup d'aile, eux et tous leurs vas-

saux ! combien de gloires fameuses éteintes dans cette effroyable nuit ! combien de princes, de ducs, de chevaliers de cette malheureuse nation n'ont pu être mis à l'abri de ma colère par les titres et les armoiries de leurs aïeux !

Tout fuyait devant moi. L'ennemi, repoussé de l'assaut, avait quitté le voisinage de la fleur et redescendait en désordre vers la terre. Le *sauve qui peut* s'était mis dans l'armée, et les fuyards, tombant sur les troupes encore en bataille, les entraînaient avec eux. Vainement quelques chefs cherchaient à les rallier et à reformer les rangs ; leur autorité était méconnue, et les plus audacieux n'avaient plus que le courage du désespoir.

Je continuais mes exploits avec ardeur,

et mon œuvre d'extermination s'accomplissait. Il ne restait déjà plus que fort peu d'ennemis autour de moi, quand je me sentis saisir tout à coup par une antenne. Je me tournai vers la lumière et je vis un puceron valeureux, revêtu d'une armure vert-de-mer, et ayant sur la tête une couronne faite de l'étamine d'une violette. Il me pressait avec une force et une vaillance dignes d'un meilleur sort; mais je l'abattis d'un coup sur une feuille de la rose trémière, et je lui mis une patte sur la gorge, prêt à l'achever s'il résistait encore.

— Téméraire, qui es-tu? lui demandai-je d'une voix terrible.

— Chevalier, me répondit-il avec fermeté, je suis le très-puissant, très-magnanime et très-sublime empereur de ce peuple que tu

as vaincu... Achève-moi; je ne puis survivre
à ma gloire et à ma fortune !

— Pourquoi viens-tu me disputer la pos-
session de cette fleur qui me sert de palais?
repris-je. Tyran insatiable, manque-t-il donc
de feuilles de vigne et de tilleul sur lesquelles
tu puisses faire vivre ton peuple méprisable?
Qui t'a rendu assez hardi pour quitter l'osier
galeux sur lequel tu es né, et pour venir me
troubler dans mes domaines? Il est donc
vrai que l'ambition peut aussi pénétrer dans
le cœur d'un ridicule puceron comme toi?

— Chevalier, me dit l'empereur d'une
voix brisée par la douleur, quand je fis pri-
sonnier, dans une grande bataille, le roi des
mites qui me disputait trois poils follets
d'une feuille de bardanne, je lui tins le langage que tu me tiens aujourd'hui... Insensé

que j'étais, je ne sus pas profiter de la leçon que je donnais alors!... J'avais de vastes desseins que tu as renversés en un moment!... ma vie est dans tes pattes; hâte-toi de m'en délivrer.

Cette résignation d'une grande âme, ce désespoir héroïque touchèrent mon cœur, et sous mon armure je sentis de la pitié.

— Tu vivras, lui dis-je en retirant mon tarse de dessus sa gorge; va, et puisse cette sanglante défaite calmer l'orgueil de tes désirs. Eloigne-toi; je pardonne à ton peuple... vous irez annoncer au monde la victoire et la clémence de la cétoine dorée.

Je lui pris sa couronne que je posai sur ma tête et je fis un geste majestueux pour lui ordonner de s'éloigner. Le malheureux prince s'inclina avec respect, rassembla les débris épars de son armée et reprit tristement le chemin par où il était venu.

Qui pourrait vous peindre, mes amis, mon enivrement après ce brillant triomphe ! Le tumulte du combat, les cris des blessés, les provocations des guerriers, les prières des suppliants n'avaient pu éveiller ma compagne. Quel bonheur quand le lendemain, à son réveil, j'allais lui raconter mes exploits et lui présenter ma couronne ! — une grande invasion repoussée, un monarque battu et humilié, une nation belliqueuse réduite pour longtemps à l'impuissance, — et tout cela dans une seule nuit, tout cela par la force de mes tarses et de mes ailes !

Je revins donc me coucher, fumant de

carnage et le cœur plein de joie ; le sommeil
ne se fit pas attendre après tant de fatigues,
et je m'endormis en espérant l'empire de
l'air, de la terre et des eaux.

Vanité des vanités !

Ce sommeil fut le dernier pour mon amie
et pour moi. — Une goutte de pluie qui
tomba dans notre fleur nous noya tous les
deux avant le matin, et un coup de vent
cassa la plante qui avait été la cause d'une
bataille ! . . . .

. . . .

. . . .

Tirez de là, honorables insectes, la leçon que vous voudrez ; pour moi j'oublie
que voici l'heure où nous faisons de la
musique pour réjouir la nature. Le soleil
est déjà haut sur l'horizon et l'ombre des

arbres diminue sur la pelouse. — En place! en place! pour le concert. — Ce soir je continuerai mon histoire. — Attention!

Grande sauterelle, battez la mesure avec vos longues pattes et veillez aux fausses notes. — Sphinx-bourdon, prenez la partition des basses ; le grillon et moi nous prenons les cuivres. — Courtillière, à vous le chapeau chinois ; la vrillette aura le triangle — ta, ta, ta, — partez.

— Cri, cri, cri, — frou, frou, — za, za, za, — chïn, chïn, — brrr, brrr, — cri, frou, za, brrr, chïn. — Vive la bonne musique!...

TROISIÈME JOURNÉE.

I

Voici la dernière fois que vous écouterez
mes leçons, insectes aux brillantes couleurs;
votre amie la cigale va bientôt mourir. La
fin de l'été s'avance à grands pas. Le soleil
devient terne ; le ciel est fauve comme un
champ de blé mûr, la terre sèche et cre-
vassée. Les fleurs s'inclinent tristement vers
leurs racines, et les grelots violets de la

bruyère s'entrechoquent au vent comme un glas funéraire.

Vous, mes amis, n'oubliez pas de me faire de pompeuses obsèques, quand je ne serai plus. — Je veux être ensevelie au pied d'un myosotis tout orné de ses jolies fleurs bleues à cœur d'or. Mon suaire sera filé avec la soie la plus fine du jonc cotonneux ; il sera blanc et pur, comme il convient pour une vierge. Les plus robustes nécrophores porteront ma dépouille mortelle sur leurs épaules et marcheront à pas lents vers ma dernière demeure. Les cordons du poêle seront tenus par quatre phalènes blanches qui auront à leurs pattes des feuilles de cyprès. — Vous, sphinx Atropos, avec votre chape lugubre et votre tête de mort au milieu des reins, vous conduirez le convoi, et

ceux qui m'ont aimée marcheront deux à
deux avec des crêpes de deuil faits de l'on-
glet noir des coquelicots. — Cérémonie
triste et majestueuse! — Mon compère le
criquet, souvenez-vous de ne pas bondir
brusquement par-dessus la tête de la société,
comme cela vous arrive dans vos caprices.
— Grillon, mon bon voisin, mon savant
émule dans les concerts, il vous faudra en-
tonner un cantique sur un mode mélancolique
et solennel. Les grosses mouches et les frelons mettront en branle leurs bourdons
mortuaires pendant la marche ; puis, quand
on arrivera au lieu de la sépulture, un
escarbot se lèvera gravement sur ses pattes
de derrière et fera mon oraison funèbre. —
Mes amis, souvenez-vous de répandre sur
ma tombe, avant de la quitter pour tou-

jours, un peu du duvet léger de vos ailes,
un peu du pollen odorant recueilli sur vos
fleurs !

Maintenant que je vous ai fait part de
mes désirs de mourante, je vais vous conter
à la hâte mes dernières transformations ;
priez le ciel que je puisse achever !

Quand une goutte de pluie eut terminé
mon existence de cétoine dorée, j'entrai
dans une ère bien différente. Mon principe
vital était déjà vieilli, défloré : plus de
rêves, plus de désirs du cœur, plus d'amour
généreux ; les appétits brutaux, l'avarice et
la cruauté allaient être les mobiles de cette
vie nouvelle. Aussi je revêtis une enveloppe
en harmonie avec ces horribles instincts.
Qu'avais-je besoin d'air pur et de lumière,

de fleurs fraîches écloses et de poésie, quand il me venait des besoins de solitude, de ténèbres et de sang? Maintenant il me fallait dans la terre une retraite bien sombre où je pourrais cacher mon insatiable avidité ; il me fallait, au lieu de ces formes légères et aériennes du passé, un corps robuste et sans grâce, tout disposé pour la destruction et la guerre.

Je devins un redoutable fourmilion.

Vous frémissez, paisibles auditeurs? — Qui de vous en effet ne connaît cet insecte vorace et sanguinaire? qui de vous n'a eu à éviter ses pièges et ses artifices?

Quelquefois quand la fourmi, fatiguée d'une longue marche et pliant sous son fardeau, traverse un petit désert sec et sablonneux, tout à coup le sol manque sous ses pas, un précipice s'entr'ouvre, un tourbillon de sable vole dans les airs, et au milieu de ce désordre épouvantable apparaît un monstre terrible, — aussi gros qu'un haricot, —avec d'énormes mandibules et des yeux à facettes qui lancent des éclairs. C'est lui ; c'est le fourmilion ! — Son aspect épouvante la pauvre infortunée, le sable lancé comme par une puissante machine la frappe de toutes parts ; le vertige s'empare de ses sens, elle tombe, elle roule dans l'abîme ; elle est perdue...

Les vermisseaux qui sortent de leur prison pour respirer l'air frais, les bestioles nomades qui transportent leur camp d'une pierre à l'autre, les jeunes araignées qui vont rattacher leur fil brisé par accident, tous les petits insectes qui rampent et qui marchent, tout ce qui est faible et innocent doit craindre ce sort funeste. Qu'un des grains de sable qui bordent le précipice vienne à trébucher sous des pas imprudents, malheur! malheur! la tempête commence, le monstre paraît dans son nuage, et bientôt la victime, entraînée dans les galeries obscures du souterrain, sent deux vigoureuses mâchoires pénétrer dans ses chairs palpitantes!

II

Voilà ce que j'étais, mes amis ; fourmilion impitoyable, je n'ai jamais épargné un vaincu, je n'ai jamais écouté une prière. Je n'étais soucieux que d'entendre les derniers cris de ma proie ; je n'avais qu'un désir, tuer ; qu'une joie, boire du sang ; que voulez-vous ? mon estomac était un gouffre que rien ne pouvait combler. — Souvent il y avait au fond de ma caverne un amas d'insectes déchirés ; et moi, étendu comme un vampire sur ce lit de membres qui s'agitaient encore, je tenais toujours les yeux fixés vers l'entrée du souterrain pour guetter une nouvelle victime. — Je n'avais pas assez, jamais assez ! — Les abords de ma retraite étaient encombrés de cadavres que je rejetais après les avoir rongés, et le vent en portait, à plus de dix pouces à la ronde, l'odeur pestilentielle, comme d'une voirie.

Que de contes on répétait dans les trous du voisinage ! que de limaces bonnes mères ont menacé de moi leurs petits comme d'un ogre à barbe bleue ! que de braves guerriers de perce-oreilles sont partis fièrement, la pince en l'air, pour venir m'attaquer, et se sont enfuis en m'apercevant de loin ! Les fourmillières limitrophes à mon empire étaient frappées de terreur. Les chambres de représentants des fourmis votaient des budgets pour me faire la guerre, les feuilletonistes de leur république m'attaquaient tous les matins par les plus foudroyants calembours. Le bas peuple, dans ses récits amplifiés par l'effroi, répétait sur moi les fables les plus extraordinaires. On disait que mon corps était couvert d'écailles, comme celui d'un dragon, que mes palpes aussi aigus et aussi solides que des lances, pouvaient transpercer à la fois des bataillons entiers de fourmis. Un de leurs savants, qui prétendait m'avoir observé à une distance de quatorze pouces et demi, avec une lunette achromatique, écrivit un gros livre pour prouver que la cinquante-septième facette de mon

œil gauche était rouge, et non pas bleue ou
de toute autre couleur ; l'académie du lieu
lui donna des médailles et des pensions
pour le récompenser de sa science et de son
courage. — On me comparait dans les poésies
au tonnerre, à la tempête, à un fleuve dé-
bordé, et même à l'homme, le plus redoutable des fléaux.

Mais ces bruits, ces injures, ces menaces,
ne pouvaient arriver jusqu'à moi. D'ailleurs que m'importait le reste, pourvu
que je pusse me livrer à mon insatiable
voracité ? Toujours en embuscade, mon
regard ne quittait pas la petite étoile lumineuse qui formait l'entrée de mon repaire. Quand la chasse n'était pas produc-
tive pendant quelques heures, je tremblais
de mourir de faim ; je rêvais de nouvelles

ruses et j'avançais hors de mon trou ma grosse tête armée d'un bouclier, pour épier l'approche des animalcules égarés.

Que de pensées de rage et d'extermination passaient dans mon esprit, pendant ces longues heures d'attente ! A certains moments je me faisais horreur à moi-même. Les grains de sable qui tapissaient ma caverne trouvaient une voix pour me maudire, et se levaient contre moi comme des accusateurs et des juges. Ils me répétaient sans cesse le néant de mes désirs, s'annonçait comme les vengeurs de mes victimes.

Ne riez pas de ce langage et de ces reproches, insectes frivoles ; car le grain de sable menace toute créature trop ambitieuse, toute grandeur insolente ; et beaucoup de songe-creux ont entendu comme moi ses oracles effrayants. La grande voix de la terre, qui monte si puissante et si majestueuse pour se réunir aux voix des astres et des soleils, est formée d'une multitude immense d'idiômes différents que nulle intelligence ne pourrait compter. Ce cri grandiôse de tout ce qui existe, ce cri composé de tant de soupirs, de plaintes, de prières, commence à la plus imperceptible molécule pour finir à la planète des cieux, et nous avons tous une petite part dans cette clameur infinie.

J'écoutais donc chaque jour les malédictions des grains de sable ; ils s'unissaient pour me tourmenter ; ils se penchaient à mon oreille pour y glisser des sarcasmes et des injures.

Une fois j'en entendis un qui disait à l'autre :

— Frère, ne trouvez-vous pas bien méprisable ce méchant insecte qui nous agite sans cesse ? Ne croirait-on pas, à voir son monstrueux appétit et le mouvement qu'il se donne pour le satisfaire, qu'il a plusieurs vies à conserver ?

— Frère, répondit l'autre, je suis fatigué de servir de mitraille pour tuer les pauvres petits êtres qui deviennent sa proie ; je suis fatigué de supporter leurs cadavres et d'être arrosé de leur sang... Quand donc Dieu nous donnera-t-il le persécuteur à son tour ? quand aurons-nous la joie de nous amonceler sur lui et de le couvrir à jamais ?

J'interrompis brusquement leurs discours.

— Silence ! leur dis-je, vous m'importunez. Qu'ai-je à craindre de misérables atomes que je puis jeter loin de moi d'un revers de ma patte et éparpiller sur la surface de la terre ?

J'entendis comme un petit rire de pitié qui fut répété par tous les grains de sable de la caverne.

— « Chétif avorton, reprit celui qui avait parlé le premier, est-ce à toi de nous donner des ordres ? Nous rions de ta colère, et tes mâchoires s'useraient avant d'entamer notre surface de cristal. Tout nous appartient dans le monde vivant, et quand nous appelons celui que Dieu nous livre, qui ose nous résister et nous dire silence ? Tout passe, tout change, tout meurt ; le grain de sable ne change pas et ne meurt pas ; le vent l'emporte, le torrent le roule, mais il est toujours

grain de sable. Les grands édifices croulent
et s'effeuillent sans laisser de traces; le
grain de sable est éternel. A nous, tout ce
qui a vécu; les insectes et les grands arbres, les cirons et les éléphants, les hommes
et les brins d'herbe. Nous foulons celui qui
nous a foulés; nous sautons et nous dansons
sur son cadavre; il est à nous bien avant
d'être aux vers et aux nécrophores. A notre
voix les potentats du monde descendent de
leur trône et viennent se coucher dans nos
bras avec leur sceptre et leur manteau royal.
Ton tour approche, petit insecte plein d'orgueil, et quand nous t'appellerons par ton
nom, tu viendras sans te faire attendre! »

Terrible et solennel langage que la terre
tient à la créature animée! prédictions fa-
tales que la créature ne sait pas entendre!

— Une proie me faisait bien vite oublier la leçon des grains de sable. La mort était continuellement sous mes yeux et je ne songeais pas à la craindre. Tous les jours étaient des fêtes dans mon repaire et des orgies de sang. Je me gorgeais de joie et de nourriture, sans redouter l'avenir. — Encore des victimes ! et encore ! et toujours ! — Oh ! de jeunes limaces bien grasses et bien blanches ! Oh ! des araignées tendres et succulentes ! Oh ! des brochettes de ces petits moucherons savoureux et exquis ! — Je voulais faire un amas d'insectes aussi haut que les montagnes élevées par les taupes au milieu des prairies ; puis je m'y serais creusé une caverne et j'aurais mangé nuit et jour jusqu'à la fin de l'éternité !

Je n'en eus pas le temps. Au moment où

je m'y attendais le moins, le tibia d'une fourmi que j'avalais trop gloutonnement se mit en travers de mon gosier et m'étrangla.

. . . .

. . . .

Ces souvenirs m'ont épuisée ; je sens que je vais m'évanouir... Papillon nacré, tendez-moi un peu d'essence de serpolet, je vous prie, s'il en reste encore au bout de vos antennes... Papillon aurore, bien vite, une goutte de rosée.

. . . .

. . . .

Je suis mieux, merci... Je vois bien que les grains de sable ne tarderont pas à m'appeler encore ! — Quand ils voudront, je suis prête.

III

Il me reste peu de choses à vous dire,
bienveillants auditeurs. — Après avoir été
fourmilion, je devins ce que je suis aujour-
d'hui, une pauvre vieille artiste de cigale
qui passe ses journées à chanter avec les
criquets et les grillons, et qui se plaît à vous
conter ce qu'elle a été dans des temps bien
éloignés. Vous avez tous connu mes goûts

et mes mœurs. Impuissante pour le mal et
pour le bien, j'ai vécu paisiblement dans
mon tronc d'arbre pourri, prenant en pitié
les pompes de ce monde.

Bien peu d'évènements importants ont
marqué mon existence présente. J'ai vécu
vierge et j'offrirai à la mort la pâle fleur
de ma virginité. Si une fausse note déton-
nait dans nos concerts, s'il me fallait dé-
jeuner d'une feuille desséchée, couverte de
poussière, s'il tombait une froide pluie d'o-
rage, triste et découragée, je gardais le
silence. Si au contraire le ciel était beau, si
le soleil voguait majestueusement sur son
océan bleu d'où tombaient sur la terre des
torrents de lumière et de chaleur, si la nature était verte et vigoureuse, si le germe
rompait son enveloppe pour devenir plante,

si la fleur entr'ouvrait le bouton pour s'épanouir avec ses vives couleurs, quand tout naissait, grandissait, donnait des fruits, alors je m'éveillais aussi ; je renaissais à mes heureux jours. Je revêtais toutes les formes, toutes les existences ; je gazouillais avec l'oiseau du feuillage, je me balançais doucement avec l'épi de blé, je murmurais avec le ruisseau de la prairie. Je me réunissais à ce grand *tout*, qui n'a de nom exact dans aucune langue, et qui s'anéantit devant Dieu. Molécule perdue dans l'amas infini des molécules, j'accomplissais cette destination fatale dont le secret n'est pas à nous !

Adieu, mes frères et mes amis, vous soumis comme moi à la loi suprême, adieu pour la dernière fois. Que des flots de miel coulent pour vous dans les calices des fleurs, qu'une sève parfumée monte pour vous dans la verdure, que le vent du nord ne brise pas vos ailes délicates. — Scarabée aquatique, continuez à tracer rapidement sur la surface des lacs ces caractères mystérieux que vous ne savez pas lire; scolyte pygmée rongez toujours les troncs des grands chênes, puisque vous avez mission d'aider le vent impétueux à les renverser dans la poussière; bestioles au mince corsage, ne murmurez pas de ce que tant d'ennemis vous font la guerre; et vous, chenilles contemplatives, continuez de relever de temps en temps la tête et de rester immobiles, comme en extase devant le drame sublime de l'univers.

Petit peuple aux mille formes, aux mille instincts, obéissez chacun à votre nature;

marchez ou rampez sur la terre; enfoncez-vous sous les eaux dans une bulle de cristal, ou glissez à leur surface en les fouettant de vos mille pattes, comme des barques chargées de rameurs; — volez, sautez, bourdonnez, chantez, — remplissez les airs, les forêts, les champs, les montagnes, de mouvement, d'harmonie et d'amour : — moi, je vais mourir.

Un mot encore, le dernier. — J'ai entendu dire que des êtres plus grands et plus fiers que nous sont soumis ainsi à des métamorphoses morales, sans changer de forme et de substance. L'HOMME.....

(*Ici s'arrêtent les souvenirs de la cigale. Ils sont extraits d'un manuscrit de feuilles d'aubépine conservé à la bibliothèque centrale des insectes ; les caractères, tracés avec le suc jaune de la grande chélidoine, sont parfaitement lisibles au moyen d'une loupe grossissant huit cent millions de fois l'objet. Cet ouvrage curieux a été découvert dans le trou d'un grillon bénédictin qui paraît en avoir été le compilateur.*)

LA

MALÉDICTION DE PARIS.

I

LA TERRE.

8

Faisons aujourd'hui, si nous voulons, les fiers, les rois de la création ; mais n'oublions pas notre première éducation sous la discipline de la nature. Les plantes, les animaux, voilà nos premiers précepteurs..... Nous profitions à contempler ces irréprochables enfants de Dieu : calmes et purs, ils avaient l'air dans leur silencieuse existence de garder les secrets d'en haut. L'arbre qui a vu tous les temps, l'oiseau qui parcourt tout les lieux, n'ont-ils donc rien à nous apprendre? L'aigle ne lit-il pas dans le soleil et le hibou dans les ténèbres? Ces grands bœufs eux-mêmes, sous le chêne sombre, n'est-il aucune pensée dans leurs longues rêveries?

MICHELET, *Origines du droit français.*

(La scène est au Jardin des Plantes.)

Le Lion d'Afrique.

1.

A moi le premier de maudire les hommes! silence à tout ce qui existe! qui ose se faire entendre quand ma voix gronde? — Race chétive, qui habites cette enceinte, pourquoi es-tu venue me ravir à mon vaste royaume du Sahara? pourquoi as-tu prostitué aux regards des plus faibles parmi les tiens cette face redoutable qui terrifiait lorsque j'étais semblable au Dieu du Sinaï, et qu'on ne pouvait me voir sans mourir? — Sais-tu qui je suis? connais-tu ma colère?

Au désert quand les colonnes de sable, poussées par le vent du midi, ont disparu à l'horizon, quand le nuage de feu du simoün a glissé sur la surface de la plaine, comme un sanglant oiseau de proie, c'est mon tour à moi, le lion. — Plus redouté que la colonne de sable et que le simoün, je règne après ces deux fléaux — mes ainés. — Alors tout ce qui se meut, tout ce qui respire dans l'étendue est à moi. Il faut me voir maigre et nerveux, ma langue pendante sur mes dents d'ivoire, les naseaux enflammés, parcourir à pas lents et superbes mon vaste empire de stérilité et chercher ma proie du regard ! Je me courbe quand elle approche; le

ventre dans le sable, les yeux sur elle, les sour-
cils profondément crispés par l'impatience,
la crinière hérissée, je creuse l'arène et je pose
la patte au milieu du sillon, puis je fais un
bond de vingt coudées, — victoire! victoire!

C'est alors que le spectacle est terrible!
les cris plaintifs de la victime, mes grondements sourds se mêlent au bruit des os qui
craquent, du gravier qui vole çà et là, des
muscles qui se déchirent; l'air siffle sous
les coups répétés de ma queue vigoureuse
qui renverserait des hommes comme des épis
de maïs. Le sang coule des deux côtés de
ma bouche; des lambeaux de chair, mêlés à
une écume impure, s'attachent aux soies
rudes de ma crinière, mon regard ferait reculer la nuée qui porte un orage! — Quand
je mugis ainsi, la caravane qui passe dans le

lointain avec ses longues files de chameaux s'arrête tremblante ; les animaux les plus hardis frissonnent jusque dans la moelle de leurs os et l'antique désert tout entier s'é- meut et tressaille d'effroi !

Voilà ce que je suis dans mon Afrique, au pays des bêtes féroces ! — Y as-tu pensé ? dis-moi, cité insolente, quand tu viens m'in- sulter derrière ces barreaux de fer et quand tes plus lâches enfants rient en me regardant dans ma cage ?

Si pourtant une fois ma colère montait jusqu'à déborder, si je finissais par broyer dans un transport de rage les barreaux qui font ton audace, si je me trouvais libre un moment dans tes rues populeuses, comme dans le Sahara, si tu étais prise à l'improviste comme la caravane, dis, ne

frémirais-tu pas jusque dans tes fondements? — Tu t'enfuirais pâle, échevelée, en
poussant des cris de désespoir. Tu m'a-
bandonnerais tes rues bourdonnantes, tes
grandes places avec leurs trophées, et je me
promènerais en conquérant à travers tes
palais. La mère oublierait son enfant sur le
seuil et le fils n'ouvrirait pas la porte à son
père qui l'appellerait en suppliant. Je te
verrais tomber à genoux sur mon passage, tu
te cacherais au fond de tes retraites; et moi
je retrouverais encore dans ton vaste désert
d'hommes, ma sublime royauté du Sahara.

2.

Je veux sortir! je veux sortir! j'ai flairé

le sang ; une chaude vapeur de carnage est
venue jusqu'à moi dans ma prison! j'en-
tends des cris de mourants et le bruit d'un
combat; je veux sortir! — place au roi des
animaux ! je veux enfoncer mes dents blanches et mes ongles d'acier dans une chair
vivante. — Hommes qui vous égorgez, at-
tendez-moi; j'aime aussi le carnage et les
cadavres! attendez que je vienne, nous
tuerons à notre aise; vous, avec le fer et le
feu, moi avec mes armes redoutables. — Je
vous promets des montagnes de morts et
des mers de sang! — Laissez-moi sortir en
ce jour de fête; mon instinct de lion se ré-
veille à côté de votre instinct de tigre ; nous
rugirons ensemble! Croyez-vous que ma
férocité n'égale pas la vôtre, que ma voix
ne soit pas aussi haute que celle d'une na-

tion en colère? — Batailles, cris des mourants, membres déchirés et palpitants, hurlements de triomphe, je veux ma part de
tout! — je suis lion!

3.

Quoi! mon règne est-il donc à jamais
passé? l'homme rusé a-t-il succédé pour
toujours au lion fort dans l'empire de la
terre? Ma couronne est tombée de ma tête
et s'est brisée; j'ai été amené pour orner,
comme un roi vaincu, le triomphe de mon
ennemi; on m'a attelé à son char et le peuple a dit avec ironie en me voyant passer :
« le voilà donc cet être superbe qui nous
épouvantait! »

Oui, je suis déchu du trône, mais écoute mes paroles, ô Paris, symbole puissant de la grandeur humaine, couronne de fer qui tomberas aussi quelque jour du front vigoureux qui te porte et seras brisée à ton tour, comme un morceau de verre, écoute mes paroles :

J'ai vu les ruines de Babylone et de Palmyre, de Thèbes et de Carthage, ces villes foudroyées, ces cités-momies qui dorment depuis deux mille ans dans leur linceul de sable. Il faudrait dix de tes plus superbes monuments pour égaler en hauteur une de leurs pyramides ; Babylone t'eut enfermé sept fois dans ses murailles de marbre, et, en te haussant sur ta base, tu n'aurais pu parvenir à la ceinture de ce colosse parmi les villes. Ta civilisation nouvelle a sué et haleté pendant des années pour transporter sur ta

place publique une des colonnes de pierre
qui s'élèvent par milliers, comme des forêts
de granit, au pays des vieux Pharaons! —
Eh bien, les peuples-géants qui se paraient
de Ninive et de Babylone comme de joyaux
de fête, ces rois qui ouvraient la main pour
semer les pyramides et les obélisques dans
leur plaine, les maîtres de ces trésors
qui montaient jusqu'aux cieux, se sont
éteints, comme des lampes vacillantes, au
souffle de l'Éternel; ils restent ensevelis
dans leur ouvrage, et les hiéroglyphes buri-
nés dans la pierre la plus dure n'ont pu te
répéter leur passé. — Antique Babylone,
toi Ninive la grande, toi Thèbes aux cent
portes et toi Carthage la superbe, prêtez-
moi vos noms que je les écrive sur la muraille de mon persécuteur; ils l'épouvante-

ront comme les caractères mystérieux, tracés
par le doigt du Seigneur, épouvantèrent autrefois Balthasard dans la salle de ses festins !
— C'est là ma vengeance de lion, ma malédiction de roi contre celui qui m'a ravi
l'empire. — Et si ce n'est pas encore assez,
j'ajouterai à la sentence les noms infâmes
de Sodôme et de Gomorrhe !

La Gazelle du Thibet.

1.

La voix de l'humble gazelle s'unira à celle
du lion contre les hommes. Les cris du faible montent vers le ciel en même temps que
les cris du puissant ; et quand les prières
se tiennent debout comme des sœurs devant
le trône de diamants que porte le soleil,
Dieu ne dit pas à l'une : « Toi, tu es la
prière du grand, » et à l'autre : « Toi, tu

9

es la prière du petit, » mais il écoute et il juge ! — Ecoutez donc, Seigneur, et jugez-moi.

2.

Ma vie est bien triste dans cet exil ; voyez comme je frissonne. Ma robe de soie mouchetée n'avait pas été faite pour me défendre contre ce ciel gris et ce vent glacé du nord ; vous m'aviez donné ce vêtement léger, parce qu'il convenait à l'heureuse température de l'Asie, aux vastes jardins du monde que l'Himalaya défend avec ses barrières d'azur. Ces jambes si fines et si déliées ne devaient pas fouler ce grossier gazon de la France ; ce corps si souple et si mince n'a pas été créé pour demeurer immobile dans un enclos étroit ! — Tout mon corps et tous mes membres crient vers vous, Seigneur, et vous demandent justice. — Pourquoi avez-vous permis que la rapide gazelle, la douce chevrette des solitudes fût arrachée à sa belle patrie, à ses timides compagnes, pour mourir en esclavage dans ce climat rigoureux ?

Oh ! rendez-moi l'ombre tremblante du figuier, les parfums du nard, les brises chaudes du désert de Cobi ! — Mes sœurs m'appellent, les entendez-vous ? — Voici l'heure du soir où elles vont toutes ensemble s'abreuver au petit ruisseau qui descend des montagnes, et brouter les jeunes pousses de l'arbre à thé.

Les voici ! les voici ! La rapide caravane

s'envole à travers la plaine, bondissant au milieu des arbres, franchissant les buissons de cactiers et d'aloës. — Leurs jolis pieds effleurent à peine les clochettes pourpres et bleues des volubilis, elles passent dans le lointain comme les feuilles sèches emportées par le vent.

Elles s'élancent de rochers en rochers, aussi légères que les sauterelles brunes du Népaul; leurs petites cornes d'ébène rasent le feuillage bas du citronier; la troupe s'étend sur le versant des collines, semblable à une flottante écharpe fauve qui se déroule et glisse sur la verdure.

Elles se sont précipitées du haut d'un roc dans un abîme de fleurs, sur un lit élastique de plantes grimpantes, de calebassiers, de vignes et de lianes entrelacés. — C'est ici, mes sœurs, arrêtez-vous. — L'oiseau solitaire qui chante dans les roseaux s'enfuit à leur approche et abandonne les eaux pures cachées sous ce dôme de feuillage; puis toutes ensemble, avec des bêlements de joie, elles se baignent dans cette source vierge, qui n'a jamais été profanée par le regard des hommes !

3.

Seigneur, pourquoi m'a-t-on ravi ces modestes plaisirs du soir? Pourquoi n'ai-je plus ma goutte d'eau fraîche dans le ruisseau caché sous les fleurs? Pourquoi ne puis-je plus exercer mes pieds agiles dans les pays delicieux où je suis née? — Moi, timide

gazelle, je ne sais que me plaindre ; mais
vous, le Dieu de justice, vous punirez les
méchants qui m'ont ravi mon beau ciel de
l'Inde et mes compagnes chéries. — Vous
en **prendrez** quelques-uns dans la foule,
comme victimes expiatrices, et vous leur ap-
prendrez ce que c'est que l'isolement, la servitude et l'exil !...

L'Ours.

(Il regarde de côté les curieux qui se pressent
autour de sa fosse).

1.

S'il pouvait m'en tomber un ! — Seulement le plus maigre et le plus chétif de
tous ! — Cet enfant aux cheveux bouclés,
par exemple. — Oh ! c'est un cruel supplice
que je souffre ! — Toujours cette odeur de
chair vivante qui déchire mes narines, toujours cette proie savoureuse qui s'arrête

devant moi, sans que je puisse l'atteindre,
sans que mon regard puisse la frapper à
mort, sans que mes entrailles qui demandent
du sang au-dedans de moi-même soient jamais assouvies ! — Que me fait le pain que
vous me jetez à la tête avec mépris ? — Oh !
si c'était un de vos membres !

2.

Ils sont bien plus heureux, mes frères de
la montagne ! — Ce souvenir s'efface de jour
en jour dans mon triste abrutissement ;
mais il existe encore au fond de ma mémoire
comme le souvenir d'un rêve. — Il y avait
des rochers couverts de neige, — de grands

pics stériles, — des glaciers raboteux sur lesquels étincelaient les rayons du soleil; — plus bas, des bois de sapins à la verdure sombre et des bouleaux qui nous donnaient leur écorce sucrée. — L'hiver nous dormions dans des cavernes obscures et chaudes, sur un lit de fougères. L'été nous allions chercher dans les halliers des mûres et des fruits d'airelle; nous découvrions les gâteaux de miel oubliés par les abeilles dans le tronc des vieux mélèzes. Souvent nous bâtissions des huttes de feuillage et la nuit, quand le vent sifflait, en chassant les nuages sur les crêtes désertes, quand l'avalanche rugissant avec le tonnerre roulait dans les gorges de la montagne, quand les glaçons se heurtaient avec fracas en se détachant des cimes où règne l'hiver éternel, nous mêlions

avec délices nos grondements sourds au
bruit de la nature en colère.

3.

Oh! comme je suis avili! comme je suis
devenu méprisable, et bas et rampant!
L'homme a été] plus barbare envers nous
qu'envers les autres animaux de la terre;
des autres il a fait ses esclaves, de nous il
fait ses bouffons. — Oui, riez, race insolente et perverse, riez du haut de vos remparts!—Le voilà, ce grave et fruste habitant
des forêts, ce robuste solitaire que Dieu
avait créé pour les lieux âpres et inaccessibles des régions polaires, le voilà sous vos
pieds se prosternant avec humilité, mendiant

du regard, docile à la voix d'un enfant espiègle, prenant les poses les plus grotesques pour un morceau de pain qu'on lui lance à la face ! — Oui, riez ; mais souvenez-vous que tout ce que vous aurez dégradé par votre art infernal, s'élèvera un jour contre vous ; souvenez-vous que cette bête ridicule et dédaignée que vous outragez, vous garde profonde rancune dans sa poitrine velue ; — et priez Dieu de ne donner jamais aux animaux de la terre une sanglante revanche, car les ours ne se feraient pas attendre à la curée !...

Le Bison d'Amérique.

1.

Qu'elles étaient belles les rives du grand
fleuve où je suis né! Comme la création
était sublime dans ma Savane! Brûlant soleil des tropiques, immenses plaines noyées
du nouveau monde, où êtes-vous? — Une
nappe de verdure se déroulait majestueusement sur le sol tremblant et humide jusqu'à
l'endroit où l'horizon montait se confondre

10

avec le ciel. Des végétaux agrestes, des herbes flottantes formaient comme un mobile prolongement du fleuve et le vent les faisait onduler avec les vagues bleues. Les êtres les plus divers habitaient ces retraites amphibies qui appartenaient à la terre et aux eaux. De vastes serpents aux écailles luisantes, des lézards d'or, des reptiles aux larges pattes, aux corps agiles, sillonnaient en tous sens la vase spongieuse. Des castors, ingénieux architectes, construisaient leurs digues et leurs huttes rondes dans les courants; des volées de mouches de toutes formes, de toutes nuances bourdonnaient autour du limon d'où elles étaient sorties; — et nous, les bisons, le peuple-roi de la Savane, nous parcourions par milliers ces prairies sans bornes de la nature primitive.

2.

Que de courses, de luttes, de combats
avaient lieu chaque jour dans ce champ
clos de la Savane ! Que de preuves de force,
d'adresse et de courage donnait mon peuple
belliqueux et fier, en présence des vieux
bisons qui ruminaient dans les roseaux et
des génisses pétulantes qui folâtraient à
l'entour ! Les cornes se heurtaient avec fracas, le limon s'échappait en jets impurs
sous les pieds, les roseaux broyés s'enfonçaient dans la vase, la terre s'ouvrait déchi-
rée par les bonds précipités ; des cris de
douleur et des cris de triomphe se prolon-
geaient à la fois dans le silence mat de

l'étendue. — Oh! qui me rendra la vigueur de ma jeunesse et les louanges de mon peuple? Qui me rendra les scènes tantôt paisibles et tantôt sanglantes de ma patrie?

Pendant la triste saison des pluies, quand le fleuve, élevant sa grande voix, nous redemandait ses rives et débordait sur notre empire avec sa terrible écume de troncs d'arbres, nous nous réunissions pour éviter son invincible fureur, et alors l'armée innombrable des animaux sauvages s'enfuyait épouvantée devant l'armée des flots.

Le fleuve! le fleuve! — Il accourait derrière nous comme un ennemi poursuivant le vaincu qui s'échappe; nous sentions sa langue de serpent s'allonger en sifflant sur nos traces.

Le fleuve! le fleuve! — Les broussailles

et les joncs épineux disparaissaient devant nous comme devant un tourbillon ; l'eau dévorait les vestiges du pas que nous faisions encore.

Le fleuve ! le fleuve ! — Il souffle et mugit de colère, il ouvre sa vaste gueule pour nous engloutir tous à la fois ; et j'ai entendu derrière moi les derniers hurlements des loups et des chats sauvages qu'il vient de saisir dans sa course impétueuse !

Le fleuve ! le fleuve ! — Ma vaste poitrine se soulève et s'abaisse avec un sourd râlement ; mes naseaux sont ensanglantés, mes membres fument et craquent sous la fatigue !

Le fleuve ! — Oh ! voici la limite que Dieu lui donne ; ennemi superbe, tu n'iras pas plus loin !...

3.

Mais pourquoi ces souvenirs, quand je suis là à ruminer tristement sur ma litière? Que font à mes tyrans mon existence d'autrefois et ma grandeur du désert? — Peut-être l'homme a-t-il déjà exterminé l'armée entière des bisons, et brûlé la prairie pour y bâtir une ville! — Oublie, oublie, pauvre bête captive, bientôt peut-être tu seras seule de ta race, et l'Amérique n'aura plus de savanes!

II

Le Palmier de l'Oasis.

1.

L'Afrique est la patrie des rois; le lion et le palmier y ont tous deux pris naissance. Mon royaume est dans l'île de verdure, au milieu de la mer de sable; je régnais sur le monde des plantes, sur l'humble hysope qui rampait à terre, comme sur le baobab orgueilleux qui contemplait avec envie ma noblesse et ma beauté. Toutes m'obéissaient

avec respect ; les parfums de l'encens et du
benjoin, du cinnamomum et de la myrrhe
montaient jusqu'à moi comme offrandes de
mes sujets. Les mimosas couverts de longues épines, l'arbre-dragon hérissé de flè-
ches mortelles, tous les arbrisseaux rudes et
sauvages faisaient la garde autour de moi
comme des guerriers fidèles, et je les abri-
tais sous le dôme royal de mon palais.
Quand le vent de feu avait brisé leurs branches, et quand leurs larmes de gomme dorée coulaient tristement sur leur tronc, j'é-
tendais encore mes rameaux pour les mettre
à l'abri, et je murmurais une plainte contre
le souffle dévastateur qui ne respectait que
moi. Chaque matin je secouais sur eux mon
vaste manteau couvert de la manne céleste,
et elle tombait comme une neige de prin-

temps. Mon règne était le plus juste des rè-
gnes; jamais aucune créature ne s'est éloi-
gnée de moi en me maudissant; je n'ai jamais repoussé la faible mousse qui me de-
mandait un peu de place sur mon écorce;
je n'ai jamais chassé de mon ombre le brin
d'herbe qui s'y était réfugié; je n'ai jamais
dit à l'oiseau qui avait traversé le désert :
« va chercher un autre asile. »

2.

L'homme qui me tient aujourd'hui en
esclavage, n'étais-je pas aussi son protec-
teur et son ami? — Quand l'Arabe voyageur, fatigué d'une longue course sous les
feux de la zone torride, arrivait le soir à

l'oasis, je l'accueillais comme mon hôte, je le comblais de mes bienfaits. Pour appaiser sa soif et sa faim, je lui livrais mon vin délicieux et mes fruits délicats; je le couvrais de mon ombre lui et sa famille, et son cheval aux yeux de feu, et ses chameaux chargés de richesses. La nuit quand la caravane dormait en silence, quand l'Arabe enveloppé de son bournou blanc restait immobile, la tête appuyée sur le ventre de son coursier et quand sa longue pipe reposait froide auprès de lui avec son kanjiar d'argent, j'agitais doucement mon feuillage pour redoubler le sommeil de toutes ces créatures qui se confiaient à mon hospitalité. Des songes délicieux, qui descendaient de mon toit de verdure, venaient s'abattre, comme des oiseaux muets, sur les pauvres

chameliers. Les voyageurs oubliaient la
marche pénible du désert, et la soif qui at-
tache au palais la langue desséchée, et la
faim qui déchire la poitrine et le soleil
éblouissant qui brûle le front. — Ils re-
voyaient leur tente de poil de chèvre, leur
père à la longue barbe blanche ; ils s'as-
seyaient au festin que leurs femmes avaient
préparé. — Dans ce rapide moment de bonheur, ils puisaient de la force pour les souffrances du lendemain, et quand ils s'éveil-
laient, pleins d'une ardeur nouvelle, ra-
fraîchis par les souvenirs qui donnent le
courage, ils disaient en faisant leur prière
du matin : « Que Dieu soit béni, qui
a placé le palmier sur la route du désert ! »

3.

L'homme de la nature est donc plus juste et plus reconnaissant que l'homme civilisé? l'Arabe appelait sur moi les bénédictions d'Allah et le noir habitant de la Guinée me prenait souvent dans sa naïve ignorance pour le dieu qu'il devait adorer. — L'Européen, qui ne connaît pas mes bienfaits, n'a vu en moi qu'un inutile monument de sa puissance; il m'a conquis sur l'oasis pour flatter une vaine et stupide curiosité! — Espèce orgueilleuse qui a ravi au lion sa royauté de force et au palmier sa royauté d'amour, crois-tu que Dieu t'ait donné à tout jamais ses nobles créatures pour les réduire en esclavage ? — Seigneur, il n'y a que votre règne qui ne passera pas !...

La Belle-de-Nuit.

1.

Salut, beau rayon du soleil ; salut, rapide messager des cieux. — Tu t'es glissé doucement à travers l'ombre mobile des grands arbres, et tu viens me réchauffer de tes caresses. Tu as traversé l'éther avec tes ailes diaphanes, pour te reposer un moment sur la plante exilée. — Salut, tu es un envoyé de douceur et de paix.

Mais tu ne viens pas du soleil de ma patrie. — Etranger, remonte au firmament ; je ne puis entr'ouvrir pour toi ma fleur de velours, et tu ne pénétreras point dans le sanctuaire où se cache ma beauté.

2.

Salut, brise tiède du milieu du jour ; tu es suave comme l'haleine d'une jeune antilope, tu es légère comme la salangane qui marche sur les eaux ;

Mais tu es le zéphir de France. — Cesse de murmurer une prière en effleurant ma tige, cesse de mendier à la fleur étrangère... Emporte avec toi en passant l'odeur voluptueuse de tes roses, les émanations de l'œillet et du lis ; tu n'auras pas mes parfums enchantés !

3.

Salut, papillon errant, danseur ailé, qui vas çà et là quêter le miel de parterre en parterre, salut. — C'est en vain que tu voltiges autour de moi ; joyeux baladin, c'est en vain que tu redoubles de coquetterie et de gaîté dans tes bouffonneries aériennes ; c'est en vain que tu frappes avec ta trompe cette corolle fermée en demandant ton salaire ; elle ne s'ouvrira pas pour te faire l'aumône d'une goutte de nectar.

Ta nourriture est dans les fleurs de France. — Sylphe capricieux, je suis une exilée et la joie de vos fêtes n'est qu'une insulte pour moi.

4.

Ma fleur ne s'épanouira qu'au brûlant soleil de l'Inde, mes parfums appartiennent à la brise du Gange, qui souffle dans les forêts de cotonniers ; mon miel suave, je le réserve au grand papillon vert, lamé de nacre, qui voltige au pays des diamants. — Ici, je veux rester dans la douleur et dans le deuil ; et, je ne serai point consolée, parce que je suis loin de ma patrie. Ma beauté sera perdue pour le jour de ces climats odieux ; mes charmes resteront ensevelis sous un voile. — Seulement quand les ténèbres cou-

vriront la terre et quand cette nature ennemie ne pourra surprendre nos secrets, j'ap-
pellerai mes frères, le géranium triste et les
liserons aux couleurs changeantes; nous
entr'ouvrirons nos fleurs pudiques sous les
étoiles et nos soupirs embaumés monteront,
comme une plainte mélancolique, vers le
trône du Tout-Puissant.

Le Cèdre du Liban.

1.

Est-ce pour raconter la grandeur et la
magnificence de l'Orient qui n'est plus,
qu'on m'a transporté au milieu de l'Occident nouveau-né? Est-ce pour instruire cette
ville d'hier, qui gît à mes pieds, et lui raconter la chute épouvantable des grands
empires? Est-ce pour lui redire, comme un

vieillard qu'un enfant interroge, les temples divins de la Palestine, les trônes éclatants de Persépolis et d'Ecbatane, les palais fastueux de Suze et de Tyr?

Le cèdre du Liban a vu toutes les pompes, toutes les splendeurs de cette longue suite de rois qui régnaient sur l'Asie, cette mère-patrie du genre humain. — Le cèdre du Liban, sous la forme de colonne ou de lambris, de sceptre ou de trône, avec les figures sculptées du lion de Zoroastre ou de l'épervier mystérieux d'Isis, dans le temple de Baal ou dans celui de Moloch, à Sidon, la ville de profanation, et à Jérusalem, la ville sainte, a vu passer devant lui toutes les générations antiques, plus nombreuses que les étoiles du ciel et que les grains de sable de la mer.

2.

Les rois s'avançaient les premiers avec
leur bandeau sacré et leur tunique de pourpre et d'or; la foule infinie des peuples esclaves roulait à leur suite, comme un immense fleuve noir qui eût touché à la fois les
deux extrémités du monde. Dans ce courant
sans fin de l'humanité, dans ces flots tu-
multueux qui s'enfuyaient avec rapidité
pour tomber, les uns après les autres, au
fond des gouffres de la mort, c'était à peine
si l'on pouvait distinguer les empires et les
royaumes, les désigner par leur nom pendant qu'ils passaient.

Les enfants de Nemrod, le Fort-Chasseur, brandissaient d'une main leur épieu de combat, et de l'autre bâtissaient la tour de Belus ; pendant la nuit, le Seigneur a soufflé sur la tour, et les enfants de Nemrod ont été écrasés sous les débris.

Sémiramis a dépouillé les forêts du Liban pour orner Babylone ; demain la forêt aura repoussé de ses racines, mais Babylone, qui tombera à son tour sous la cognée, ne se relèvera jamais.

Voici la race industrieuse de Phénicie ; ses vaisseaux vont porter au bout de l'univers les parfums de Saba, l'or d'Ophir et l'étain de Thulé ; mais la mer a réclamé toutes ces richesses, et Dieu lui a donné, comme une proie, le peuple et les vaisseaux.

Cyrus est venu, comme un tigre bondissant conquérir l'Assyrie ; et le jour même, la mort a conquis Cyrus.

Alexandre est venu, comme un lionceau superbe, conquérir l'empire de Cyrus, et le jour même la mort a conquis Alexandre.

Tout s'anéantit, tout s'efface, tout se renouvelle. — Au milieu d'une solitude, des villes sortent tout-à-coup de terre avec leurs tours et leurs murailles ; et à quelques pas, des cités opulentes s'enfoncent dans des abîmes inconnus, pour ne reparaître jamais. — Les sceptres et les couronnes courent de main en main, comme des jouets d'enfants ; les palais changent de maîtres chaque fois que le soleil se couche et chaque fois qu'il se lève ; — et dans les temples, d'heure en heure, l'idole chasse l'idole, Dagon chasse le veau d'or et Horus chasse Dagon.

3

Et toi, Jérusalem, pourquoi te cacher dans la cendre? pourquoi ton fleuve roule-t-il tristement ses eaux amères sur un sol aride et maudit? pourquoi la rose de Sâron est-elle desséchée sur sa tige? — Élue des nations, où est ta couronne mystique? ville sainte, où est ton temple? cité des prophètes, où est David pour chanter ta gloire, Jérémie pour pleurer ta douleur? Jérusalem, hôtellerie du Seigneur, qu'as-tu fait de ton hôte quand il est venu vers toi? — Je t'ai connue aussi belle et aussi forte que la vierge majestueuse des bords du Nil; tu avais au front un caractère sacré qui frappait de terreur tes nombreux ennemis. L'ange exterminateur passait pendant la nuit dans leurs rangs, et le matin, à ton réveil, tu trouvais des armées étendues mortes sous tes pas.

Et ton temple, Jérusalem! je redirai à l'univers les sublimes magnificences de Salomon; j'assemblerai autour de moi toutes les villes du monde, et leur cœur se desséchera de jalousie au souvenir de ce pompeux asile du Seigneur.

Quel jour de grandeur et de solennité que celui où le vaisseau sacré d'Hiram, chargé de cèdres prédestinés, entra en triomphe dans le port de Joppé, au milieu des applaudissements du peuple, assemblé sur le rivage!

Les enfants de Lévi les transportèrent sur la montagne de Sion; et pendant dix années ces ouvriers divins les sculptèrent de leur main savante.

Les cèdres soutenaient les poutres d'or du sanctuaire, et reposaient sur des bases de porphyre ; — nuit et jour ils voyaient derrière le rideau de pourpre, que le grand-prêtre seul pouvait soulever, le chandelier à sept branches, où brûlaient les parfums les plus précieux de l'Arabie, et la table de propitiation, et les chérubins aux ailes étendues de l'auguste tabernacle. — Quand la gloire de Jéhovah, descendant sur l'arche d'alliance, inondait de lumière l'enceinte redoutée, quand elle écartait son voile de flammes et se montrait dans sa majesté éternelle, les cèdres, frémissant de respect, se trouvaient face à face avec elle, sans être consumés par ses rayons !

4

Que fait l'arbre du Seigneur sur cette terre impie? Quelle génération nouvelle, enivrée d'orgueil et de voluptés, vient s'asseoir à son ombre sanctifiée? Peuple enfant, prosterne-toi et couvre ton visage, car je t'apporte les menaces inévitables du Tout-Puissant! Le cèdre, ce prophète des anciens jours, qui a entendu les soupirs des rois dans leur couche, et les hurlements de cent peuples déchaînés à la porte des palais d'airain, te montre ta sentence écrite sur son écorce en caractères ineffaçables.

Oui, grandis, grandis encore, jeune reine d'occident ; entoure ton front d'une au-

réole de gloire et de puissance ; entasse tes
richesses comme des montagnes ; plonge-toi
dans l'orgie bruyante et bois dans ta coupe
d'ivoire le vin de l'espérance ; prodigue les
fleurs et les parfums autour de toi ; dis, dis
à tes poètes de chanter tes louanges sur leur
lyre d'or. — Au moment le plus joyeux de
la fête, le Seigneur allongera tout-à-coup la
main sur toi, — et tu tomberas sans pousser
un cri !

Le Magnolia des forêts vierges.

1

De l'air ! de l'air ! oh ! mes fleurs les plus fraîches, mes fruits les plus beaux, mes parfums les plus suaves, pour un peu de calme et un peu d'air ! — Ma tête est toute courbée dans cette prison de verre ; je ne puis étendre mes rameaux, la sève se glace dans mes branches ; je vais mourir d'oppression et de froid. — Que mes persécuteurs m'entendent! je n'étais pas fait pour cette misérable captivité.

Ma patrie est sous les tropiques dans le plus heureux des climats. Mon feuillage majestueux, avec son magnifique couronnement de roses blanches, dépassait les arbres les plus hauts de la forêt; les cocotiers, les sapins, les chênes étaient perdus dans l'ombre épaisse que je projetais autour de moi. Au milieu de cette obscurité mystérieuse, que produisaient tant de branches confondues, tant de troncs entrelacés, les lianes vagabondes, les smilax, les indigos, les vanilles apportaient au trésor commun leurs bouquets rouges, jaunes et roses, se tordaient en guirlandes et retombaient sous les portiques verts comme des serpents-oiseleurs en embuscade.

Dans mes branches les plus basses, l'écureuil noir établissait son nid d'écorce, les kinkajous au pelage doré se suspendaient par la queue ; les chauves-souris endormies tout le jour, formaient de longues grappes velues et immobiles ; de petits singes huppés, au regard pétulant, faisaient çà et là trembler le feuillage et avançaient curieusement leurs faces mutines entre deux roses. Un peu plus haut, il y avait des couvées frémissantes de tangaras pourprés, de guêpiers bleus, de perruches babillardes ; des oiseaux-mouches, des colibris, des sucriers, topazes et émeraudes volantes, venaient boire la rosée dans les coupes d'albâtre de mes fleurs. Ma robe sombre, qui flottait presque jusqu'à terre, était brodée de toutes ces couleurs vives, de toutes ces corolle

brillantes, de tous ces plumages éclatants ;
et les insectes aux reflets métalliques, les papillons aux ailes de nacre et de saphir, les
mouches de feu dont elle était émaillée,
ajoutaient leurs ornements à cette splendide parure de la solitude.

2

C'était alors que j'étais puissant et fier,
avec mon peuple d'animaux agiles, de plantes parasites et d'oiseaux chanteurs, les
pieds perdus dans le détritus des végétaux
séculaires, et le front élevé au-dessus des
forêts vierges ! J'étais là dans ma gloire, au
milieu de la sauvage liberté du désert ! Cette
force qui m'arrivait avec la beauté, je l'em-

ployais à protéger celui qui m'implorait.
Quand un orage, — un orage des tropiques —
grondait avec fureur, quand le vent s'en-
gouffrait dans la profondeur des bois, bri-
sant sur son passage les sumacs et les éra-
bles, il fallait me voir, père attentif, défendre mes enfants et ramener sur eux mon feuillage, comme un vêtement ! — Les écailles des
serpents à sonnettes bruissaient près de mes
racines, les chauve-souris battaient des
ailes avec effroi, les singes et les kinkajous
saisissaient plus fortement les branches avec
un murmure de terreur; et la colonie des
oiseaux gémissait tout bas, tandis que
les insectes refermaient sur eux les pétales
de mes roses, comme les portes d'une so-
lide demeure. — Moi, pendant ce temps, je
luttais contre l'ouragan, je tenais tête à la

foudre, et le lendemain, quand le ciel était redevenu serein, quand la terre était tranquille, je rendais mes hôtes rassurés au calme, à l'harmonie et au soleil!

3.

Où est cette existence si complète de ma Floride? où sont les silences et les orages de ma patrie? Pourquoi, au lieu de ce bruit de chars et de clameurs qui me poursuit nuit et jour, n'entends-je plus les pas furtif du jaguar qui se fraie un passage à travers les nœuds infinis des bignonias et des coloquintes, — plus le chant des coucous indicateurs qui disputent à l'Indien errant le rayon de miel trouvé dans une yeuse, —

plus les robustes coups de bec des cardinaux contre les vieux troncs couverts d'agarics,— plus la voix sonore du fleuve dans le lointain, et les soupirs étouffés de la brise du soir dans les bois? — Je veux mourir, je veux mourir! — tout ici me gêne et me pèse; je me courbe avec tristesse sous le poids de la servitude, moi qui ne me suis pas courbé devant la tempête.—Petite fleur, qui végète à mes pieds, es-tu du pays des magnolias? peux-tu me parler des nuages cuivrés des tropiques et de la splendeur des forêts vierges?

La Bruyère d'Islande.

Je ne te connais pas, arbre magnifique, et je ne suis pas de ton pays. Dans cette triste prison de l'homme, l'habitant du nord répond à l'habitant du midi, la glace du pôle à l'air embrasé de l'équateur, la bruyère de la montagne au magnolia de la plaine féconde. Étrangers les uns aux autres, nous nous plaignons tous à Dieu, chacun dans

sa langue, du tyran qui nous opprime.
Grands et petits, faibles et puissants, arbres
de cent coudées et lichens imperceptibles,
nous maudissons de toutes nos forces et de
tout notre désespoir le despote qui nous a
ravi, contrairement aux lois éternelles, notre
patrie, nos habitudes, notre bonheur.—Moi,
qui viens après les autres, qui n'ai ni force,
ni beauté, qui suis une pauvre herbe inutile,
je redemande le rocher stérile où je suis née,
et le vent qui me tourmentait sans relâche
sur le pic de neige.

III

L'EAU

La Seine.

1.

Je suis le roi des fleuves. Je me suis couché, comme un géant fatigué, dans ce pays de France, et il y a cent lieues de mes pieds à ma tête. L'Yonne et l'Aube sont mes jambes que je tiens écartées, comme fait un homme endormi; la Marne vient se pendre à ma ceinture et me forme une flottante écharpe d'or; l'Oise et l'Eure sont les deux bras que j'étends pour embrasser de riches provinces, et ma tête fauve se baigne dans les flots de l'Océan. — Seigneur, Seigneur, ne m'avez-vous donné tant de grandeur que pour me faire l'esclave de l'homme?—Paris à resserré ma taille majestueuse dans un dur corset de pierre; ses quais se rapprochent toujours, semblables aux branches d'un étau; malgré mes gémissements et ma colère, je vais être bientôt aussi mince que le ruisseau des champs. Ses lourdes barques glissent sur ma poitrine et m'étouffent de leur poids; ses machines rapides déchirent ma peau basannée; il me torture nuit et jour comme un enfant vicieux qui enfonce ses ongles dans le sein de sa nourrice. — Oh! qui me délivrera de Paris, cet ulcère de mes flancs? — Ses ponts entrent dans ma chair

avec leurs dents de pierre et me cachent l'air
et le jour. Il faudra donc bientôt que je
coule dans un sombre souterrain, comme
mon frère le Rhône à la démarche impétueuse? N'est-ce pas à moi, miroir du monde, de refléchir la campagne, le firmament,
le soleil? Ne dois-je pas abandonner libre-
ment au vent qui passe mes vagues blon-
des et ma chevelure de roseaux?

Et mes eaux, Seigneur, ces eaux que vous
m'avez données si larges et si belles, les hommes me les dérobent chaque jour, comme
des voleurs de grands chemins. Elles dispa-
raissent dans des gouffres secrets où une
force irrésistible les attire ; elles serpentent
à travers la ville en suivant d'innombrables
canaux souterrains, puis elles tombent et
reviennent à moi, fétides, noires, chargées

d'immondices. C'est dans mes profondeurs
que les malheureux cherchent un refuge
contre leur désespoir et il me faut les porter
à l'Océan, défigurés par la corruption et les
membres tordus. Dès que l'émeute a grondé
dans les rues, mes flots sont rouges de sang
et je marche vers la mer avec une charge de
morts. — Quelquefois, la nuit, quand je som-
meille sur ma couche de sable et quand ma
fraîche haleine de brouillard s'élève autour
de moi, comme un nuage, quelque objet
lourd tombe tout-à-coup dans mon onde
silencieuse. — C'est tantôt une jeune fille
fraîche et rose, tantôt un beau jeune homme
à la mise élégante, tantôt un père de famille
aux vêtements délabrés, à la face pâle et
maigrie par la faim. — Mais que m'importe
à moi? — pauvre ouvrier, jeune fille rieuse,

ou amoureux désespéré, ne sont-ce pas toujours des cadavres infects qui empoisonnent mon cours?

2.

Paris! Paris! que me font à moi tes obélisques de granit et tes statues équestres qui m'insultent du haut de leur piédestal? que me font tes édifices, grands comme des montagnes, qui semblent me braver à mon passage? que me font tes lumières étincelantes qui glissent le soir sur ma rive, semblables à des comètes errantes? que me fait ton murmure immense qui ne saurait égaler le bruit de ma voix dans ma colère?

J'existais avant toi, ville orgueilleuse;

tu n'étais encore qu'un amas de boue et de marécages, un groupe d'îlots étroits que j'avais formés de mon limon, quand j'étais moi, depuis des siècles, la *Sequana*, le beau fleuve vierge, roulant dans mes eaux des forêts entières? — Je suis un ennemi digne de toi, Paris; je ronge tes pierres et j'arrache à tes môles leurs anneaux de bronze; j'emporte tes constructions trop hardies, tes grands bateaux de chêne et je les brise, en me jouant.

Paris, un jour viendra, peut-être, où je te ferai éclater toi-même comme une ceinture trop étroite, où mes eaux qui lavent depuis si longtemps tes pieds impurs, te prendront par le corps pour t'emporter dans l'Océan!

A ce jour fatal, je frapperai à ta porte et j'escaladerai ta muraille; je mugi-

rai contre les sculptures les plus élevées
de tes clochers, j'entrerai en maître
dans tes palais et tes temples. J'aurai ta
coupe d'or et la goutte de vin qui y sera
restée de l'orgie de la veille, j'aurai tes
statues d'airain et leurs socles de marbre;
tes diamants et tes perles se mêleront à mon
gravier; ton sceptre sera broyé entre les
débris de tes monuments. Je te balaierai
honteusement des îles que tu m'as volées et
je ferai naître à ta place des joncs et des
iris!

3.

Et jusqu'à ce que ce jour vienne, Paris,
je ne cesserai de te maudire dans les clapo-

tements de mes flots et les frémissements
de mes rives. Je ne réfléchirai qu'à regret
les ormeaux poudreux de tes promenades,
les pointes élancées de tes tours. Je saisirai
traîtreusement tes baigneurs à la jambe et je
les entraînerai dans mes abîmes pour les
étouffer en silence; mes vagues te heurte-
ront sans relâche, comme un ennemi qui
menace sourdement en attendant l'heure du
combat.

4.

Jusqu'à ce que ce jour vienne, Paris, je
serai là, comme un gouffre avare, béant à
ta base, engloutissant tout ce que tu lais-
seras tomber par mégarde, et je cache sous

mon manteau de cristal des joyaux que je ne te rendrai pas. Je me suis formée un trésor avec les trésors que tu as perdus pendant bien des siècles ; j'ai dans ma vase des urnes travaillées par des mains savantes, des épées de bataille aux riches ornements, des monnaies précieuses dont j'ai rongé l'effigie et la légende.

Un de mes plus faibles et de mes plus petits poissons a découvert un anneau royal au milieu de ces restes des temps passés et il s'en est fait un jouet. — Anneau royal, qui t'a porté à son doigt ? Quelles étaient ces armoiries ciselées jadis sur ton chaton d'or ? Était-ce le globe, surmonté d'une croix, de Charlemagne, ou la fleur-de-lys de saint Louis ? Appartenais-tu à un Valois ou à un Bourbon, à un Carlovingien ou à quelque descendant dégénéré des rois chevelus? Peut-être es-tu tombé de la blanche main d'une jeune reine qui se baignait dans le fleuve, ou peut-être encore, pendant une nuit d'insomnie, quelqu'un de grand t'a-t-il jeté dans les flots, par une fenêtre du Louvre, en maudissant la gloire et la puissance! — Mais qu'importe au petit poisson de la Seine, de qui vient son hochet du moment? Il bafoue ce signe antique et révéré de la puissance humaine; il se le passe autour du corps, comme un collier trop large, il le fouette de ses nageoires, puis, — quand il est fatigué du jeu, — il le laisse tomber dans cette fange liquide qui se dégorge des égoûts empestés.

IV

L'AIR ET LE FEU

L'Aigle.

1.

Je me suis égaré dans l'espace silencieux
et mon aile fatiguée fend l'ether bleu depuis
le matin. — Brillant soleil que je puis regarder en face, je te laisse poursuivre ta
route à travers les cieux ; tu m'as lassé, sublime compagnon de voyage, et tu arriveras
aujourd'hui sans moi aux limites du cou-
chant. — Je retourne à la terre qui scin-

tille là-bas, au fond de l'abîme, comme une goutte de rosée au lever de l'aurore. — Je me reposerai sur son océan de vapeurs, je me ferai bercer par ses orages; j'avancerai la tête dans la déchirure de quelque nuée géante, et je plongerai mon regard dans ses profondeurs.

2.

Une ville! une ville! — Elle s'étend, pareille à une mer houleuse, d'un bout à l'autre de l'horizon; elle gronde comme la mer au moment du flux. — Je te reconnais, cité superbe, car je t'ai vue deux fois. Je t'ai saluée aux temps de ton humilité et aux jours de ta gloire; deux fois je suis venu, à longs intervalles, placer mon aire sur tes tours.

Je suis venu au temps où tu t'appelais Lutèce et où j'étais l'aigle romaine.—Je suis venu au temps où tu t'appelais Paris et où j'étais l'aigle impériale.

3.

La première fois, — tu gisais encore dans ton paisible berceau de la Seine ; tu élevais à peine la tête au-dessus des saules et des glaïeuls qui ceignaient tes remparts. Tes habitants étaient des sauvages demi-nus, à barbe fauve, aux cheveux hérissés et ils buvaient du sang dans des crânes humains. Leurs fêtes étaient d'horribles fêtes ; ils immolaient des enfants nouveaux-nés sur l'autel du redoutable Irminsul ; leurs druides, vêtus de blanc, chantaient l'hymne de guerre autour de la grande statue d'osier où l'on brûlait vivants les ennemis vaincus. Lutèce, si faible encore, tu aimais déjà le sang et le carnage ; cachée dans tes roseaux, comme un jeune crocodile, tu attendais ta proie aux bords du fleuve. — Je parus alors, moi, l'aigle de Rome ! Après avoir fait le tour du monde avec les légions triomphantes parties du Capitole, après avoir parcouru d'un vol les sables Libyens, les rives de l'Euphrate, les plaines fécondes de l'Ibérie, je m'égarai un jour dans ton brouillard, dirigeant une armée qui marchait à l'ombre de mes ailes.

—Lutèce, souviens-toi ; —cette armée était grande, belle et majestueuse ; le seul bruit de son approche te frappa d'épouvante.

D'abord venaient les Vexillaires avec une peau de lion qui leur couvrait la tête et les épaules ; puis les Princes avec leurs larges épées et les Triarii, balançant de la main gauche le terrible pilum ; puis les Chevaliers romains, fiers de leur casque d'argent à la louve de vermeil, de leur cuirasse d'or, de leurs baudriers azurés et de leurs coursiers noirs à la housse de pourpre ; puis les Archers avec leurs carquois retentissants sur l'épaule et les Vélites s'allignant docilement sous le cep de vigne des centurions. Tous s'avançaient pompeusement pour vaincre, au son de la trompette, de la corne et du lituus, et à leur tête marchait à pied un homme couvert de fer, au regard pensif, au front chauve et couronné de lauriers ; — il s'appelait César.

Lutèce, que te servirent alors les sacrifices humains que tu offris dans ton effroi à Esus et à Teutatès? que te servirent les danses allégoriques de tes vierges, les bardits de tes druides, les haches de tes guerriers et le farouche courage de Camulogène? — Insensée, qui ne voyais pas que je t'apportais les sciences, la poésie, la lumière! — Lutèce, le jour où mon fils César arbora mon image dans ton enceinte fut un jour de régénération pour toi. Je te pris sous ma protection, je te couvris comme d'un bouclier, je te réchauffai du feu de mon auréole. Bientôt tu brisas tes langes, tu t'élanças, fière et vigoureuse, sur tes deux rives ; tu eus des palais somptueux et des temples

de marbre, toi qui n'avais eu jusque-là que
des chaumières; les empereurs vinrent te
visiter comme une merveille, et tu leur don-
nas, à ces maîtres du monde, une magnifique hospitalité.

Vieux restes de la barbarie gauloise,
croulez les uns après les autres devant l'idée
nouvelle ! — Eubages à la faucille d'or, étei-
gnez le feu des sacrifices ; les dieux de Rome
n'aiment pas le sang humain. Les enfants
nouveaux-nés appartiennent aux caresses de
leurs mères, et non pas à Irminsul. — Pauvres barbares, cessez d'égorger les vieillards
qui ne peuvent plus suivre à la guerre le
Brenn de la nation; les dieux de Rome veu-
lent qu'on s'incline avec respect devant la
vieillesse. — Jeunes vierges aux pieds nus
de l'île de Sayne, la pudique Vesta vous

ouvrira son temple ; Junon vous enseignera les arts paisibles qui conviennent aux femmes. — Robustes adolescents, qui vouliez suivre vos pères dans les combats, et qui rêviez dès l'enfance le meurtre et le pillage, déposez votre lourde épée pour venir entendre les rhéteurs dans l'école qui vient de s'ouvrir ! — Vous tous, rustiques Parisii, quittez le sayon de peau de bête pour la toge de pourpre , le rude langage du Celte pour la langue pure et sonore de Virgile.

Lutèce, j'ai veillé sur toi, pendant que tu croissais lentement parmi les villes ; j'ai veillé sur toi comme une mère tendre veille sur son enfant, et ton enfance a duré huit siècles !

Lutèce, souviens-toi : — l'aigle de César t'apporta la civilisation !

4.

La seconde fois — tu étais bien changée !
Lutèce était devenue Paris ; la ville de boue
et de roseaux était devenue la capitale du
monde. J'avais dormi mille ans dans les
ruines du Capitole, quand un soldat victo-
rieux m'apporta, enveloppé d'un drapeau,
et m'inaugura dans tes murs. Oh ! ce fut
une glorieuse et solennelle journée que celle
où je planai, après ce long sommeil, au-
dessus d'une armée ! — Paris, souviens-toi !
souviens-toi ! — C'était dans une place publique, vaste comme le Forum : il y avait
au centre des trophées qui montaient jusqu'aux nues, et les drapeaux des peuples

vaincus se balançaient au vent. Les soldats aux brillants uniformes se tenaient en bataille, à l'entour, avec leurs fusils d'argent et leurs aigrettes flottantes ; ton peuple formait une ligne immense, muette d'étonnement et de respect, derrière les rangs des soldats. Dans le lointain, tes clochers, tes dômes et tes tours, se haussaient sur leurs fondements pour voir cette imposante scène ; tandis que le soleil, immobile au zénith, versait des flots de lumière et de chaleur sur la foule attentive.

Tout-à-coup des fanfares éclatèrent comme les trompettes du jugement dernier ; des milliers de tambours tonnèrent à la fois, les canons élevèrent leur voix formidable ; et par-dessus le bruit des fanfares, des tambours et des canons, un hourra immense,

universel, se fit entendre, sorti de cinq cent
mille bouches humaines! — C'était l'aigle
que l'on saluait! c'était mon image d'or qui
apparaissait encore une fois, radieuse et puissante, à un peuple conquérant. — Un jet
lumineux sortit de ma prunelle ardente,
et éclaira le soldat mon libérateur que
j'adoptais pour mon fils! Il était là, devant moi, debout et rêveur, le front pâle
et large, les bras croisées sur la poitrine.
Par-dessus le simple uniforme il avait jeté
un manteau de roi et une couronne avait
remplacé son modeste chapeau; — il s'appelait Napoléon.

Aux armes! aux armes! — l'aigle a poussé
un cri rauque et retentissant; à ce signal
la nation s'est levée. Grenadiers d'Aboukir
et des Pyramides, jeunes lions du Saint-

Bernard et de Marengo, suivez l'aigle qui prend son vol vers la terre ennemie? — J'aime voir ces longues files de canons qui roulent sourdement en exhalant une odeur de poudre, ces charriots remplis de bombes et de boulets, ces escadrons impétueux dont les armes résonnent au galop des chevaux, ces beaux régiments aux rangs pressés marchant au pas du tambour et du clairon, et cet homme prodigieux qui est la tête de ce corps immense, la pensée de ces millions de bras! — En avant! Cet homme est l'*empereur,* cet homme est le fils de l'aigle, et il vous conduit à la victoire! — En avant! car il suivra mon vol impétueux autour du monde.

J'ai posé un moment le pied sur la terre d'Allemagne, et l'endroit où je me suis ar-

rêté s'appelle Austerlitz ; — j'ai posé mon
pied sur la terre de Russie, et l'endroit où
je me suis arrêté s'appelle Moscou ; — j'ai
posé mon pied sur la terre de Belgique, mais
là mon pied s'est ensanglanté, et l'endroit
où je me suis arrêté s'appelle Waterloo ! —
Mais qu'importe le sang ? En avant, en
avant toujours ! — mon bec et mes ongles
ne sont pas usés, mon aile est vigoureuse
encore ! nous irons dans les pays où le soleil se lève et nous reviendrons par ceux où
il se couche. — Napoléon, mon fils, je t'ai fait
le plus grand roi du monde, tu seras Dieu...
Suis-moi !

Mais mon fils ne m'entendait plus ; ils
l'avaient attaqué par derrière et renversé
pendant qu'il suivait du regard mon vol
audacieux ; ils le prirent vivant et le jetèrent

enchaîné, comme Prométhée, sur un rocher au milieu des flots !

Paris, souviens-toi ! — l'aigle de Napoléon t'apporta la gloire !

5.

Et maintenant, cité superbe, Rome nouvelle, qu'as-tu fait de l'aigle de César, qui jadis renversa le crâne humain où buvaient tes habitants antropophages pour y substituer la coupe d'argent ciselée, qui remplaça ton sayon de peau de chèvre par la tunique de pourpre ? Qu'as-tu fait de l'aigle de Napoléon qui, hier encore, dominait tes remparts et te rappelait la conquête du monde ?

Au milieu de tes grandioses monuments, mon œil s'est arrêté sur une colonne triomphale de bronze. Elle monte jusqu'aux nues et à son sommet apparaît noble et fier, comme un dieu qui va lancer la foudre, le dernier et le plus cher de mes fils. J'ai vu aussi mon image sculptée sur les quatre faces du trophée et mon cœur a tressailli de joie : l'une regardait le nord que j'ai vaincu, l'autre le midi que j'ai vaincu, l'autre l'orient que j'ai vaincu, l'autre l'occident que j'ai vaincu ; car j'ai vaincu l'univers !

Mais d'où viennent ces bas-reliefs mutilés ? Quelle main audacieuse a osé altérer les grandes figures ciselées dans le glorieux métal ? Quelle est cette statue nouvelle dont le bronze n'est pas tiré des canons d'Austerlitz ? Pourquoi mon image courbe-t-elle ainsi la tête vers la terre, quand l'artiste lui avait fait regarder le ciel ?

Paris ! Paris ! c'est que tu n'as pas su défendre le trophée que le héros mourant t'avait légué comme à un gardien fidèle, c'est que les barbares sont venus et ont déshonoré tes monuments de leur contact impur !

Ils hurlèrent un chant de triomphe en regardant la colonne de l'empereur. Ils attachèrent une corde au cou de la statue et s'attelèrent pour la renverser, en poussant des cris de joie. — Quand l'idole fut là à leurs pieds, quand ils la virent couchée, immobile, humiliée, ils battirent des mains, et s'acharnèrent sur elle, comme des fourmis sur le cadavre d'un lion. Puis ils armèrent leur main du marteau des Vandales et ils tentèrent d'effacer les grandes actions burinées sur le fùt immortel ; — mais le marteau rebondit contre les sculptures guerrières et se brisa en éclats.

6.

Paris, deux fois tu n'as pu me protéger contre les barbares. — Quand les Franks de Hlod-Wig, quittant leurs forêts inconnues, parurent tout-à-coup, vêtus de peaux d'Aurochs et de veaux marins, sur tes deux rives, tu leur livras, toi, la patrie des sciences et des beaux-arts, tes écoles et tes temples, ta civilisation et tes richesses! Un leude grossier du roi chevelu s'assit avec étonnement dans le palais des Thermes de Julien; tu m'abandonnas, moi, l'aigle de

César, pour te prosterner devant les enfants de Hlod-Wig, et je m'enfuis épouvanté avec les derniers soldats romains de Syagrius. — Quand les cosaques d'Alexandre, sortis des steppes arides du Don, sont venus vers toi sur leurs chevaux maigres et indomptés, en brandissant leurs longues lances, tu as livré sans combat les monuments de ta gloire, tu as laissé outrager ton héros renversé, tu m'as chassé honteusement, moi, l'aigle de Napoléon, et je n'ai plus eu pour asile que le roc solitaire où ils avaient attaché mon fils, loin des hommes, au milieu de l'Océan !

7.

Paris, énorgueillis-toi de ce vaisseau vo-

guant à pleines voiles qui te sert d'armoiries ; cherche un emblême plus fastueux encore pour représenter ta force, ton opulence
et ta grandeur ; entoure chaque lettre de
ton nom d'une auréole de feu pour que les
nations ne puissent le lire qu'en tremblant ;
— moi, je remonte au ciel sans poser le
pied sur ta cime !

Le Rossignol.

Le jardin des Tuileries. — Il est nuit.

1

Le ciel est clair et parsemé d'étoiles; la ville endormie a fait silence. Les marronniers secouent sur mes plumes humides leurs grappes de fleurs et la brise m'apporte par intervalles les douces senteurs du tilleul. Ma bien-aimée compagne repose près de moi, dans son nid de mousse et de coton; les faibles gémissements de la couvée se mêlent au frémissement du vent dans le feuillage, au murmure lointain de la rivière. C'est l'heure où mes frères de la solitude commencent leurs concerts, c'est l'heure où leur voix sonore s'élève en notes brillantes pour charmer la campagne. —Moi, égaré au milieu des habitations des hommes, je chanterai aussi pendant que le tumulte de la ville est suspendu :

2.

« Dors, dors, ma belle compagne, dors
« sous la branche verte qui protége ton
« nid.

« Couvre de ton aile soyeuse la couvée
« timide ; dors pendant que je chante nos

« amours et le printemps. C'est pour nous
« que le ciel est si pur et la terre si paisi-
« ble, c'est pour nous que la brise est frai-
« che et le feuillage embaumé. Le soleil de
« la nuit jette des reflets pâles sur les grands
« arbres du jardin et un de ses filets d'ar-
« gent se glisse à travers les branches pour
« caresser ton sommeil. Demain l'aurore
« sera belle et la rosée coulera en diamants
« sur les fleurs entr'ouvertes. Tu t'éveille-
« ras en chantant et, bonne mère, tu t'en-
« voleras joyeuse pour chercher la pâture
« à nos petits, pendant qu'à mon tour je
« les couvrirai de mon aile.

« Dors, dors, ma belle compagne, dors
« sous la branche verte qui protége ton
« nid. »

3.

Qu'ai-je entendu? Quel bruit régulier et cadencé de pas vient interrompre les chants du rossignol? A la lueur de ces lampes lugubres qui éclairent les allées, je vois des soldats s'avancer en bataille; des reflets sinistres sortent de leurs armes comme des éclairs. Ils se glissent sous les massifs de verdure, écoutant le silence et sondant les ténèbres de la nuit. Ils échangent d'une voix étouffée des paroles inconnues, ils tiennent leurs armes prêtes à l'attaque. Leur regard menace l'herbe sèche qui s'agite sur leur passage, le souffle léger qui bruit dans les feuilles. — Suspends tes chants, pauvre

rossignol ; c'est la garde qui passe ; on veille
nuit et jour autour du palais des rois !.....

4.

« Dors, dors, ma belle compagne, dors
« sous la branche verte qui protége ton
« nid.

« Le printemps est la saison des amours ;
« ses nuits sont tièdes et ses jours sans
« orages. C'est le printemps qui fait naitre
« les fleurs dans les parterres et les papil-
« lons qui voltigent sur les fleurs. Quand il
« vient, la nature se pare de ses guirlandes
« de fête et lui sourit comme une amante ;
« à sa vue, tout se réjouit, tout se renou-
« velle ; le miel de l'abeille devient plus

« doux, le petit ruisseau de la prairie mur-
« mure avec volupté sur ses cailloux blancs,
« la tourterelle retrouve sa compagne qu'elle
« a si longtemps cherchée en gémissant, et,
« du soir au matin, le rossignol chante ses
« amours.

« Dors, dors, ma belle compagne, dors
« sous la branche verte qui protége ton
« nid. »

5.

Que se passe-t-il dans ce riche palais? —
Une fenêtre s'est ouverte; un homme à
cheveux blancs s'avance avec crainte jusqu'au balcon doré. Il jette un regard soup-
çonneux autour de lui; il semble respirer

furtivement l'air libre et pur qui vient de
la campagne. On dirait que sa poitrine op-
pressée laisse échapper des soupirs longtemps contenus, qu'il a voulu confier seulement au silence de la nuit. Son front
abattu est tombé sur sa main et il a regardé
le ciel avec souffrance. — Vieillard, quelles
sont les paroles entrecoupées qui s'échap-
pent de ta bouche? Sont-ce des paroles de
plainte ou de regret, d'espérance ou de malédiction? Vieillard, pourquoi te cacher ainsi
pour prendre ta part de cet air vivifiant que
Dieu fait souffler sur toutes les créatures?
L'heure du repos est venue pour la création
entière; regarde autour de toi; la fauvette
dort sous la feuillée, le poisson dans le cristal des bassins, l'insecte sous le brin d'herbe, — seuls nous veillons encore. — Mais moi

j'accomplis la mission que Dieu m'a donnée ;
mes chants appartiennent à la nuit et au
silence ; ils doivent monter sans mélange
vers le ciel. — Vieillard, il n'y a donc plus
de sommeil dans le palais des rois ? (1)

6.

« Dors, dors, ma belle compagne ; dors
« sous la branche verte qui protége ton
« nid.

« Nos petits sont faibles encore ; leurs
« plumes commencent à poindre, comme
« l'herbe tendre de la prairie au mois d'a-
« vril. Leur voix douce et plaintive ne peut

(1) On voit que ceci a été écrit avant 1848.

« atteindre au sommet du grand arbre sur
« lequel ils sont nés. Mais les beaux jours
« passeront sur leurs têtes ; leurs plumes cou-
« vriront comme un vêtement leurs membres
« délicats ; et un matin d'été, toute la couvée
« pétulante s'élancera de branche en branche,
« pendant que nous voltigerons en chantant à
« l'entour. Puis l'aile de nos enfants devien-
« dra robuste pour fuir avec nous les ri-
« gueurs de l'hiver ; et quand Mai nous
« ramènera dans ces contrées, ce sera leur
« tour de charmer la nuit de leur voix har-
« monieuse, et de chanter leurs amours.

« Dors, dors, ma belle compagne ; dors
« sous la branche verte qui protége ton
« nid. »

7.

Mais voici le jour qui vient, et Paris qui s'éveille ; le roulement des chars et les clameurs importunes m'imposent silence. —Sois maudite, ville ennemie, qui force le rossignol à se plaindre du retour de l'aurore ! Pendant que tu te répandras vagabonde et bruyante autour de moi, je me presserai contre ma jeune famille, et, muet, j'attendrai que le calme soit revenu pour chanter encore mes amours et le printemps.

Le Tonnerre.

1.

Seigneur, je me suis chargé de grêle et de feu ; j'ai appelé à moi les vents qui sont mes fils, et les trombes qui sont mes sœurs ; la nuée de salpêtre qui doit nous transporter au bout du monde s'agite dans l'espace, impatiente comme un coursier fougueux. — Seigneur, où allons-nous ? sur qui doit tomber aujourd'hui le poids de votre colère ?

2.

Voici une belle et riante campagne ; ses champs sont couverts de blés murs ; ses coteaux étalent avec orgueil leurs vignes florissantes ; des fruits délicieux rougissent au soleil sur les arbres de ses vergers ; — à un signe de votre main j'ai fauché le blé mur, j'ai arraché par le pied les vignes florissantes, j'ai renversé, les uns sur les autres, les arbres déracinés, et j'ai dispersé au loin les épis, les fruits et le feuillage.

Voici un lac paisible ; ses eaux limpides dorment immobiles dans leur bassin de roseaux ; les poissons bondissent à la surface et se jouent aux approches de l'orage ; — à

un signe de votre main, les trombes ont des-
séché le lac, et les poissons ont été rejetés
morts sur un rocher aride.

Voici une large et profonde vallée; ses
flancs sont fertiles et tapissés de prairies
verdoyantes; — à un signe de votre main,
la vallée a été comblée; un sable stérile a
recouvert comme un linceul les prairies
verdoyantes.

Voici une épaisse forêt dont les chênes
séculaires ont déjà bravé bien des tempêtes;
— à un signe de votre main, nous avons en-
levé, comme des fétus de paille, les chênes
séculaires; nous avons brisé en morceaux
leurs troncs raboteux, nous avons éparpillé leurs débris sur la surface rase de la
plaine.

Et maintenant, Seigneur, êtes-vous content des ministres de votre colère?

3.

Voici un humble village ; ses habitants sont de paisibles laboureurs, dont le cœur est simple et religieux. A mon approche, ils se sont pressés dans la petite église au clocher gothique ; ils se prosternent devant votre autel, en élevant vers vous des mains suppliantes. — Seigneur, ils vous implorent pour leurs moissons ; leurs moissons sont-elles condamnées ? Ils vous implorent pour leur toit de chaume ; leur toit de chaume est-il condamné ? — A un signe de votre main, j'ai passé sans toucher ni au village, ni aux habitants, ni aux moissons; je me suis contenté de renverser un arbre mort qui bordait le chemin, et qui depuis long-temps ne donnait ni fruits ni ombrages.

4.

Mais j'aperçois enfin le terme de cette course rapide à travers les immensités du ciel. Là-bas dans le lointain, une grande ville corrompue et voluptueuse regarde avec insouciance ma tête noire qui s'élève sur son horizon. Seigneur, est-ce pour anéan-tir cette fière cité que vous avez envoyé la foudre? Le vase de ses iniquités est-il enfin rempli? Allez-vous nous livrer comme une proie cette capitale de la terre? Souvenez-vous de Sodome, de Gomhorre et de Béla ; le feu n'a-t-il pas été le digne exécuteur de vos vengeances ? A un signe de votre main je ferai tomber une pluie de souffre enflammé sur cette superbe habitation des hommes, je toucherai ses édifices et ils crouleront dans leurs fondements ; je consumerai jusqu'à la pierre de ses murailles ; je la réduirai tout entière en cendre fine et déliée que mes tourbillons emporteront à l'Océan. Je creuserai le sol qu'elle aura couvert et j'en ferai un lac aux eaux noires, fétides, mortelles, dans lesquelles nul poisson ne pourra nager, au-dessus desquelles nul oiseau ne pourra voler, qui ne pourront supporter aucun bateau, comme cette mer maudite que traverse le Jourdain, au pays désolé d'Israël. Seigneur, lâchez la bride à la foudre; abandonnez-lui la cité insolente qui rit de votre colère! Seigneur, la capitale du monde est-elle aussi condamnée?

5.

Allons vents impétueux, grêle formidable, torrents des réservoirs célestes, trombes, tourbillons, indomptables puissances, déchaînez-vous contre la ville blasphématrice! Dieu vous ordonne de la châtier, sans l'anéantir, car son heure n'est pas encore venue. Il faut frapper de terreur ses habitants insensés, les forcer à ployer le genou devant le maître qui nous envoie. — Allons, saccagez ses toits et ses clôtures, inondez ses places et ses carrefours, brisez, renversez, pulvérisez, pendant que je fais entendre ma voix majestueuse et que je lance mes éblouissants éclairs. J'attaquerai avec fracas ce dôme aérien qui monte jusqu'à moi ; je le prendrai entre-mes bras de bronze rougi et je le renverserai fumant et broyé.

6.

Sacrilége ! la foudre a été vaincue ! — Seigneur, où s'arrêtera la fierté et l'insolence de l'homme ? Je suis tombé impuissant et captif aux pieds de cette tour que je devais détruire. L'homme a su préserver, avec une tige de fer qui menace le ciel comme une épée nue, ses monuments et lui-même con-

tre ma fureur. Calme et sans peur, il regarde avec une curiosité impie mes efforts
et ma rage, il insulte à la tempête, et les
avertissements que vous lui donnez par ma
voix sont perdus pour lui.

7.

Dis, homme superbe, qui crois-tu avoir
insulté? Qui crois-tu avoir vaincu par ta
science inachevée? — Moi, le feu du ciel, je
ne suis rien qu'un instrument dans les mains
d'un autre plus grand que toi. Celui-là te
mettra un mors à la bouche et pressera tes
flancs de l'éperon! Celui-là, au jour d'extermination, effacera ta race de la surface
de la terre, et brisera la terre elle-même

comme une bulle de cristal.— Paris, je m'é-
loigne encore cette fois sans avoir accompli
mon œuvre de destruction ; je m'éloigne
avec mon cortége de vapeurs, de grêle et de
flammes ; mais nous reviendrons un jour —
quand ta sentence sera portée — et cette fois
ta science ne te sauvera pas !

ÉPILOGUE.

L'homme civilisé.

1.

Que me voulez-vous, esclaves révoltés ? Je me ris de vos plaintes et de vos menaces, de vos malédictions et de vos prières. Ai-je le temps de prêter l'oreille aux vains murmures d'un arbuste chétif, d'un misérable animal ou d'un nuage qui passe ? — J'étais occupé à mesurer l'angle d'une étoile perdue dans les lointains du ciel, — j'essayais d'établir

un fil qui, à travers les mers et les continents, transporterait instantanément ma
pensée à l'autre extrémité du globe, — et je
rêvais au moyen de diriger les aérostats
dans les hautes régions de l'atmosphère,
quand votre bourdonnement est venu interrompre mes travaux et mes médita-
tions. — Eh bien, je descendrai une fois
jusqu'à vous répondre; pour un moment
j'abaisserai ma grandeur jusqu'à votre faiblesse.

2.

De quoi vous plaignez-vous? le Dieu dont
vous me menacez sans cesse, ce maître puissant dont je cherche sans relâche à con-

naître la nature et qui m'échappe toujours,
ne m'a-t-il pas traité avec une rigueur
inouïe? Pour vous, créatures innombrables,
matière vivante dont fourmillent les éléments, il a multiplié les ressources et les
moyens de conservation. — La graine germe
seulement dans la contrée féconde qui pourra
fournir plus tard à la plante des sucs pour
sa tige, du parfum pour sa fleur, du soleil
pour son fruit. — La baleine a été créée pour
les abîmes de la mer où pullulent ces petits
poissons qu'elle engloutit par millions dans
ses vastes entrailles; — le cygne voyageur est
muni d'un épais plumage qui le garantit du
froid dans les plaines de l'air, au-dessus des
nuages; — le tigre a reçu des muscles d'a-
cier pour saisir au passage la légère et fu-
gitive gazelle. — Tous, vous trouvez sans

effort pénible autour de vous vos conditions d'existence ; tous, vous vous êtes perpétués jusqu'ici malgré la loi fatale qui veut que le faible soit la victime du fort, que le petit devienne la proie du grand, que l'agneau soit dévoré par le loup, que le sauvageon inutile étouffe l'arbre aux fruits délicieux.

3.

Moi, au contraire, j'ai été comme maudit par cet organisateur mystérieux du monde. Il m'a jeté, nu et désarmé, sur la surface de la terre ; il a éparpillé ma race dans les climats glacés du nord, sous la ligne embrâsée de l'équateur ; il a rendu également mortelles pour moi, et la chaleur du jour et la

fraîcheur de la nuit. Il m'a soumis à des
maladies douloureuses, à des infirmités
cruelles. Pour moi le sol reste stérile ou ne
produit que des ronces et des plantes véné-
neuses, si je ne sais le féconder de mes
sueurs. Il m'a condamné à être toujours
errant, à m'agiter sans paix ni trève, afin de
satisfaire des besoins éternellement renais-
sants. L'agilité me manque pour atteindre
à la course la bête des bois ; je n'ai pas
d'ailes pour poursuivre dans son vol l'oiseau
qui fend l'air ; je ne puis plonger dans la
profondeur des eaux pour saisir à la nage
les habitants muets des gouffres océaniens ;
— et pourtant le poisson, l'oiseau, l'animal
sauvage me doivent leur dépouille et leur
chair, ma nourriture et mon vêtement. —
Tout me hait, tout me fuit ou se dresse

contre moi. Je suis environné de dangers et
de pièges ; et pour résister à tant d'ennemis,
pour faire face à tant d'inexorables nécessi-
tés, je n'ai reçu qu'un don, un seul... l'IN-
TELLIGENCE !

L'intelligence ! — feu dévorant, étincelle
lumineuse qui brille à mon front comme un
signe de domination ! — Et encore, cette
étincelle, est-ce vraiment ce Dieu jaloux qui
me l'a donnée ? N'est-ce pas moi plutôt
comme le Prométhée antique, qui l'ai déro-
bée au feu de Jupiter sur son Olympe ? —
Un jour peut-être je trouverai le mot de
cette énigme, avec le mot de tant d'autres
énigmes qui me sont proposées pour mon
supplice !

4.

Mais qu'importe de qui je tiens ma puissance? —Vous tous qui restez fixés à la terre par vos racines, vous qui errez à la surface du sol ou qui rampez dans la poussière, vous qui habitez l'air ou l'eau, ou qui creusez vos sillons souterrains loin du soleil, vous êtes à moi et pour moi; — prosternez-vous, voilà votre maître et votre roi!—Terre indocile, je saurai bien t'empêcher de produire des orties et de l'ivraie dans ce champ que j'ai ensemencé de blé et de maïs. — Arbres superbes de l'ancien et du nouveau monde, je m'emparerai de vos bois, aux teintes de marbre, pour construire mes palais et mes vaisseaux.

—Humbles plantes des forêts, vos sucs bienfaisants sont destinés à me guérir de mes maux, comme vos fleurs sont destinées à charmer mon regard. — Abeille, c'est pour moi que tu produis la cire et le miel. — Moufflons majestueux, kachemyres aux longues soies, vos toisons ne se renouvellent chaque année que pour servir à mes riches vêtements. — Oiseaux, qui habitez les écueils inaccessibles de la mer du Nord, dans ces pays inhospitaliers où la nuit dure plusieurs mois, ce n'est pas pour le nid où reposeront vos petits que vous vous dépouillez de votre duvet délicat, c'est pour parer ma couche et réchauffer mes membres au fond de mon alcôve silencieuse.

Quel animal si fort et si rusé pourrait se soustraire à ma chaîne? J'ai mis des capara-

çons à l'éléphant ; monté sur le colosse, je
l'ai dirigé suivant mes caprices. Le requin
vorace, suspendu à un émérillon **de fer est**
devenu, malgré ses efforts prodigieux et ses
redoutables coups de queue, la risée de mes
matelots. Je suis allé prendre le **gigantesque**
boa-python dans ses forêts vierges de Timor
et je l'ai enfermé dans une cage. — **Et vous,**
jaguars féroces des pampas américains, redoutables tigres des jungles du **Bengale,**
panthères noires du Java, vos **magnifiques**
dépouilles, façonnées en tapis, seront foulées
à toute heure par les pieds de mes **femmes**
et de mes petits enfants !

5.

Et ce n'est pas seulement sur de viles

créatures, sujettes à la souffrance et à la mort, que j'ai su étendre mon empire ; j'ai asservi également les grandes forces de la nature. — Le vent impétueux, qui tourmente incessamment les flots, pousse mes vaisseaux vers l'imperceptible point que je leur ai assigné pour but à l'extrémité des mers, tandis que la vapeur, captive dans un tube d'airain, entraîne, avec une vitesse qui donne le vertige, de lourds chariots chargés de marchandises et de voyageurs.—Les rivières et les torrents mettent en mouvement les énormes roues, les machines compliquées de ces usines où s'élaborent tant d'étonnants ouvrages. — Dans les contrées où le sol sec et ingrat se refuse à la culture, j'ai percé l'écorce terrestre avec une tige de fer, et j'ai fait jaillir devant moi des eaux abondantes, tout étonnées de voir la lumière du jour. Quand ma science m'a révélé l'existence d'un filon précieux enfoui dans l'intérieur du rocher, je creuse patiemment mes puits et mes galeries, je pénètre dans les trésors que la nature avare voulait me dérober. — A moi alors ses métaux brillants, son or qui resplendit comme le soleil ou le feu, son cuivre aux cristallisations vertes et azurées, son fer aux teintes sombres mais plus désirable pour moi que l'or même ! — A moi ses noirs amas de houille, restes fossiles de forêts antédiluviennes; — à moi ses marbres aux mille couleurs que mes artistes tailleront en statues et en monuments; — à moi ses agathes gardant encore l'image de plantes et d'animaux perdus; — à moi ses rubis, ses émeraudes, ses topazes, ses saphirs, ses améthystes, tout son écrin de pierres précieuses pour orner le front de mes princes — et de mes courtisannes !

6.

J'ai fait plus encore. Quand mon génie s'est trouvé à la gêne sur ce globe misérable, il a pris son vol et mesuré avec exactitude l'immensité des cieux. Il a su le secret des myriades d'étoiles, de planètes, de satellites qui gravitent à tant de millions de lieues de ce petit amas de boue. Superbe soleil, diamant de l'univers, je t'ai pesé dans ma balance, j'ai calculé l'intervalle effrayant qui nous sépare, je t'ai assigné ta marche dans l'espace. Et toi, astre des nuits, dont l'orbe pâle brille comme un bouclier à la voûte céleste, j'ai connu, malgré toi, le secret de ta petitesse relative; j'ai deviné ton action sur mes marées, j'ai formulé la loi de tes décroissances et de tes retours, j'ai supputé la hauteur de tes montagnes, j'ai prédit tes éclipses et tes perturbations.

Alors j'ai poussé mes investigations par-delà ces mondes, semés dans mon ciel. Étoiles fixes, bornes de l'infini, j'ai deviné de quel éclat vous illuminez les globes, invisibles pour moi, qui vous entourent. — Planètes, nos sœurs du ciel, soleils éteints comme cette humble terre, je me suis assuré que dans nos gravitations continuelles, nous ne pouvions nous heurter comme des chevaux fougueux dans un cirque trop étroit. — Et vous aussi. comètes errantes, avec votre chevelure de feu, vous ne m'effrayez plus quand vous apparaissez tout-à-coup sur mon horizon. Je vous ai comptées, terribles vagabondes ; je vous ai appelées par votre nom et j'ai annoncé votre retour depuis cent ans. Poursuivez votre course dans le chemin bleu du firmament, formez paisiblement votre ellipse immense, secouez vos torches flamboyantes au-dessus de ma tête ; je ris de votre impuissance, et du haut de mon observatoire, je mesure paisiblement chaque pas de mille lieues que vous faites dans l'étendue, en vous éloignant de moi !

7.

Après avoir accompli ces nobles découvertes, après avoir glané les merveilles dans le vaste champ des cieux, qu'y avait-il d'impossible à ma science? Dans ma fiévreuse impatience d'apprendre, j'ai soupçonné que cette terre où je règne recélait encore d'étonnants mystères. J'étudierai donc sa structure, je mettrai à nu son squelette, j'ouvrirai ses entrailles pour en arracher encore un secret. Pourquoi les empreintes bizarres, gravées d'une manière ineffaçable sur ses marbres, ses craies et ses ardoises, ne seraient-elles pas les pages d'un livre grandiose, d'une genèse de la science qui m'initierait aux arcanes du passé? Je vais donc examiner ces ossements, qui gisent, depuis les premiers âges du monde, dans les couches géologiques et je les comparerai à ceux des animaux que je connais.

Allons ! terre, sois docile et respectueuse...
je m'appelle Cuvier !

Eurêka ! j'ai conquis un monde ! — J'ai
découvert la marche de la création pendant
cette nuit des temps où je n'existais pas encore ; j'ai trouvé le point de départ de cette
longue chaîne d'êtres vivants, dont je suis
le dernier et le plus noble chaînon. Cette nature étrange, qui a précédé mon apparition,
je l'ai observée dans toutes ses modifications,
dans toutes ses périodes, je l'ai reconstruite
avec ses formes et ses couleurs ; aucun de
ses mystères ne m'est resté caché ; — je l'ai
vue, — je la vois !

Au commencement, la terre était couverte
presque entièrement par les eaux. Des vapeurs ardentes remplissaient l'atmosphère et
projetaient comme un voile sanglant sur le

soleil. Çà et là, des îles et des archipels, des crêtes de montagnes se soulevaient du fond de l'océan sans bornes ; des volcans formidables vomissaient des laves liquides, des cendres et de la fumée ; le sol était incessamment agité par des tremblements convulsifs. Peu de créatures organisées assistaient à ces scènes de l'antique chaos ; c'était à peine si quelques algues tapissaient les rochers encore brûlants du rivage, si quelques zoophytes, quelques polypes, quelques coquillages, essais frustes encore du règne animal, vivaient timidement au fond de la mer. Aucune voix ne se faisait entendre au milieu des détonnations des volcans et du grondement des vagues ; aucun appareil respiratoire ne pouvait fonctionner dans cet air embrâsé ; aucun regard ne pouvait contempler, à travers les nuées, les météores de feu qui sillonnaient le ciel.

Le spectacle change ; le monde est échappé aux premières convulsions de son enfantement. Les îles se sont élargies, les archipels sont devenus des continents. Les vapeurs ont disparu ; le soleil brille dans toute sa splendeur. Sur ces terres vierges, sorties comme la Vénus grecque, du sein de l'onde, s'étale une fraîche verdure, mais sans fruits et sans fleurs encore. Des forêts de prêles et de fougères balancent à une prodigieuse élévation leurs éventails de feuilles, semblables à ceux du palmier. L'océan rejette sur ses rivages des monceaux de coquilles ; de nombreux poissons nagent dans ses eaux, des sauriens énormes rampent sur sa vase. — Quel est cet être bizarre et terrible, au corps de lézard, ce léviathan redoutable, dont le cou de serpent, pareil au mât d'un navire, s'élève à plus de douze coudées au-dessus des flots? C'est le plésiosaure, qui vient saisir sa proie parmi les herbes de la plage et qui après l'avoir enlacée dans ses replis, l'emporte au fond de l'abîme pour la dévorer.

Nous sommes arrivés à l'époque des monstres et des reptiles gigantesques. — Voici le formidable mégalosaure, ce crocodile de soixante-dix pieds de long, aux dents d'acier, qui eut dévoré des requins et des baleines; — puis le pesant ichtyosaure, aux robustes mâchoires, dont les grands yeux

ronds pouvaient voir dans les ténèbres ; le
téléosaure à la tête de loup, aux membres
couverts d'écailles. — Ces tyrans extermina-
teurs semblent menacer les éléments qu'ils
habitent d'une dépopulation prochaine, tandis que le grand ptérodactyle, le dragon-
volant des traditions héraldiques, moitié
lézard moitié oiseau, fouette l'air de ses
vastes ailes de chauve-souris et poursuit sa
proie dans les nuages.

Comment énumérer tous les êtres prodigieux qui m'apparaissent dans les périodes
suivantes? Au milieu d'animaux dont les
analogues vivent encore, j'aperçois les xi-
phodons, aux formes élégantes ; les paléo-
therions à la trompe imparfaite ; le grand
mastodonte, cet éléphant primitif auprès

duquel nos éléphants d'Asie n'eussent été
que des pygmées; les rhinocéros antédilu-
viens, le dinotherium géant, le mammouth,
cette montagne vivante, qui foulait de ses
larges pieds le sol parisien, le sivatherion
aux cornes recourbées, le mégatherion revêtu à la fois d'écailles et de poils. — Lion
superbe du Cap et du Sahara, qu'aurais-tu
été, dis-moi, devant le chat-géant, ce lion
antique de la grosseur d'un bœuf, qui ha-
bitait le centre de la France? Aux rugisse-
ments de cet épouvantable animal qui faisait
des bonds de quarante coudées, qui d'un
coup de patte abattait les aurochs et les
mastodontes, tu aurais frémi de terreur, tu
aurais regagné, silencieux et tremblant, ta
sombre caverne. — Moi seul, peut-être,
j'eusse pu lutter avec mes armes irrésistibles

contre ce dévastateur de l'ancien monde ;
mais je ne m'étais pas révélé encore et je lui
laissais la domination sans partage.

8.

Moi, je suis venu après tous ces cataclys-
mes, après toutes ces superfétations infor-
mes de la création ; moi j'ai été le dernier
ouvrage et le chef-d'œuvre de cette puissance occulte qui organise la matière, qui
donne à ses combinaisons le mouvement,
l'instinct et l'intelligence. Quand je suis ap-
paru seul et debout au couronnement de son
édifice, tout s'est prosterné devant moi, malgré ma faiblesse apparente ; toutes les gran-
deurs se sont absorbées dans la mienne ; la

force a été vaincue et l'univers a appris qu'il avait un maître.

9.

Voilà ce que j'ai fait, vils atômes qui vous insurgez contre moi ; voilà quel est mon rang, quel est mon rôle, quel est mon pouvoir ! Et ce pouvoir, comment lui assigner des limites dans l'avenir ?

J'ai déjà vaincu la foudre ; je lui ai emprunté cet agent subtil qui donne des ailes à ma volonté, qui soulève les morts dans leur cercueil et rouvre pour un moment leurs yeux éteints à jamais. J'ai découvert des poisons dont une seule molécule tue avec la rapidité de l'éclair. — Pourquoi ne

pénétrerais-je pas aussi le principe de ce
fluide mystérieux, insaisissable, qui consti-
tue la vie? Pourquoi ne parviendrais-je pas
à le dégager des substances étrangères qui
l'enveloppent et ne le renfermerais-je pas
dans un breuvage qui me rendrait immortel?

En attendant, je supprimerai le temps et
l'espace; je voyagerai au fond de la mer,
comme ces poissons nomades venus du pôle;
je me dirigerai dans l'atmosphère, comme
l'aigle à la puissante envergure. J'imiterai la
nature dans ses plus riches productions, et
j'attends d'heure en heure que mes ouvriers
montent de leur laboratoire en m'apportant
les diamants qu'ils auront faits de leurs
mains. Je féconderai le Sahara; je le couvrirai de bois verdoyants et de courants

d'eau. Je joindrai par un canal la mer Rouge
à la Méditerranée, le Pacifique au Grand
Océan. Je renouvellerai la face de ce monde
qui m'appartient, et je briserai impitoyable-
ment tout ce qui ne s'inclinera pas devant
ma face.

10.

Cessez donc, espèces inférieures, de se-
couer mon joug; j'accomplirai, malgré vous,
ma mission de souveraineté. — Arbres que
j'ai plantés, que venez-vous gémir de votre
exil et me redemander votre patrie lointaine?
votre patrie sera au lieu que je vous ai dé-
signé, et je saurai bien vous contraindre par
mon art suprême à vous y perpétuer de génération en génération, à l'ombre de ma

main. Malheur à vous si vous osez faire résistance ! j'ôterai le coloris à vos fleurs, la saveur à vos fruits ; je vous abâtardirai, je vous rendrai grêles et chétifs jusqu'à ce que vous soyez enfin façonnés à l'esclavage. — Et vous, animaux féroces que j'ai réunis dans mon jardin pour amuser ma curiosité, cessez de regretter votre liberté, votre vie des déserts. Un jour viendra — prochain peut-être — où vous serez seuls au monde de votre nom et de votre espèce ; j'aurai exterminé la race dont vous êtes sortis, et elle ne vivra plus que dans la mémoire des hommes.

Fleuve présomptueux, chargé de laver les pieds de ma ville, elle s'inquiète peu de tes murmures et de tes menaces. Le temps n'est plus où tu pouvais déborder impétueusement sur elle et emporter ses ponts chargés d'édifices. J'ai creusé ton lit dans le gravier, je t'ai emprisonnée entre mes quais majestueux, et je t'ai dit, comme Dieu à la mer : « Tu n'iras pas plus loin. » Poursuis ton cours vagabond au milieu de riantes campagnes ; recouvre, si tu le veux, dans tes fureurs, quelques champs stériles, quelques maigres prairies qui bordent tes eaux boueuses ; mais ne touche pas à la ville sainte, car elle est **ta** maîtresse. Si tu excitais sa colère, elle te diviserait, pour te châtier, en autant de faibles ruisseaux que Cyrus divisa autrefois ce fleuve de l'Asie qui faisait obstacle à sa marche victorieuse !

Et toi, cèdre du Liban, — prophète des anciens jours, — que viens-tu me menacer de Ninive et de Babylone, de Thèbes et de Carthage, d'Ecbatane et de Tyr? Oses-tu comparer à moi ces villes barbares, ces générations molles et voluptueuses du vieil Orient? Que pourrais-je envier même au temple de Salomon? N'ai-je pas mes cathédrales gothiques aux clochers aériens? N'ai-je pas mon Louvre, rempli des merveilles de la sculpture et de la peinture, avec ses escaliers de marbre, ses colonnes de porphyre et ses ciels d'or? Qu'y a-t-il de commun entre ces cités d'autrefois et ma cité nouvelle? Leur force à elles était dans leurs murailles et dans leurs tours, dans leur nombre et dans leur courage; ma force à moi est dans mes connaissances et dans mon génie. Ces colosses, dont tu parles avec tant de pompe, avaient des pieds d'argile; au moindre choc ils sont tombés dans la poussière. De leur grandeur passée, il reste à peine

de faibles vestiges, quelques pierres chargées
d'hiéroglyphes, quelques bas-reliefs rongés,
quelques fragments d'idoles que je trans-
porte insouciamment dans mes musées.
Parmi ces débris, exhumés des nécropoles
égyptiennes, je conserve deux monuments,
le zodiaque de Denderah et l'obélisque de
granit rose, comme souvenir d'une civilisation morte; mais la vue de ces humbles restes
du passé ne m'inspire ni terreur ni tristesse.
— Car moi je ne crains ni les barbares, ni
les sables du désert, ni l'incendie, ni les ou-
ragans; car moi c'est la science, c'est l'art,
c'est la poésie, triple souveraineté, splendeur éclatante qui ne doit pas plus périr que
l'humanité elle-même. Mon œuvre est l'œuvre du monde, le progrès universel, qui peut
bien hésiter une fois et faire un pas en ar-

rière, mais qui reprend bientôt sa marche triomphante, à travers les âges, sans voir de bornes à sa carrière.

11.

Silence ! donc, vous tous qui me devez obéissance et respect ; attendez avec soumission ce que je déciderai de votre sort, dans ma sagesse omnipotente. — Surtout cessez d'invoquer contre moi ce Dieu caché, ce père rigoureux contre lequel je me suis mis en révolte, du jour où, déchirant mes langes, j'ai voulu marcher seul dans la voie de la science. Ce Dieu, dont la grandeur m'importune et irrite mon orgueil, je le cherche nuit et jour. Bien des fois j'ai cru l'avoir trouvé au bout de mon scalpel, au fond de mon creuset ou dans l'auge de ma pile galvanique ; bien des fois j'ai espéré pouvoir enfin le chasser de son ciel désert et mettre à sa place une formule algébrique ou la table des logarithmes... Toujours j'en ai été séparé par un obstacle invisible, un atôme, un rien, — l'infini peut-être !

FIN DE LA MALÉDICTION DE PARIS.

UN DRAME SOUS UN BRIN D'HERBE.

Un matin de printemps, un peu après le lever du soleil, j'étais assis dans une prairie et, penché sur le gazon, je cherchais à en pénétrer les mystères.

Par une fantaisie de rêveur, je me plus à voir une forêt vierge en miniature dans cette végétation éphémère, sur laquelle mon souffle pouvait déchaîner une tempête.

Ces tiges entrelacées me rappelaient les

arbustes innombrables qui arrêtent les pas
du voyageur dans les solitudes du nouveau
monde. Les rayons du soleil, tamisés par
ces fleurs et ces feuilles confondues, arri-
vaient comme une rare et fine poussière
d'argent à la terre. En beaucoup d'endroits le plus petit insecte n'eût pu trouver
passage à travers les troncs frêles et élancés
de ces palmiers microscopiques. Le sol raboteux était encombré d'anciens détritus de
graines et de mousse. Çà et là, entre deux
fétus stériles, tremblait une grosse goutte de
rosée où se fut noyé un moucheron, s'il eût
osé traverser sans précaution ce lac mobile.

Dans les profondeurs de cette forêt naine,
s'agitait un petit monde d'êtres sauvages,
livrés à des instincts égoïstes, soumis incessamment à la loi du plus fort ou du plus

rusé. L'araignée tendait ses toiles blanches
pour enlacer au passage les bestioles étour-
dies; un perce-oreille poursuivait un malheureux escargot qui cherchait vainement
une retraite dans son hélice nacrée; une
cincidèle au bord de son trou, guettait sour-
noisement deux pucerons qui se battaient
sur le revers d'une pâquerette; une abeille
disputait à une guêpe la corolle pourpre
d'une campanule, et, pendant le conflit, un
magnifique papillon Morio pompait inso-
lemment le nectar de la fleur en litige. Un
ver-luisant, fatigué d'une nuit d'amour,
cherchait le sommeil à l'ombre d'un serpolet aromatique, et, à deux pouces de lui,
un malin grillon faisait grincer ses bruyantes cymbales. Orgueil et misère, passions
honteuses et intérêts ennemis, c'était en

raccourci le tableau d'un autre monde, plus grand et plus fort, mais non moins méchant.

Un épisode particulier de ce poème sub-graminéen attira mon attention.

Sur une large feuille de menthe odorante, dans un duvet fin et moelleux, je distinguai un joli insecte vert, gros comme un pois de primeur, et paraissant appartenir à l'élégante famille des buprestes.

Il s'éveillait peu à peu sous un mince rayon de soleil, filet de feu qui avait pénétré furtivement à travers les rideaux de son alcôve de feuillage. L'insecte nonchalant étirait ses pattes mignonnes et chaque mouvement le faisait chatoyer comme une émeraude vivante.

A ses grâces languissantes, à ses maniè

res précieuses, je reconnus une petite femelle coquette.

Bientôt elle s'avança vers une violette voisine à laquelle pendait une magnifique perle de rosée et elle commença galamment sa toilette dans cette molécule d'eau de senteur. Elle y trempa d'abord ses pattes émaillées, puis sa tête pétulante dont les yeux à facettes semblaient deux diamants noirs enchâssés dans l'or, puis ses palpes et ses antennes, délicieux ornements de sa face mutine.

Sa parure finie, Emeraude jeta dans ce qui restait de la goutte de rosée, miroir improvisé, un regard de complaisance ; et alors, fraîche et joyeuse, elle fit entendre un son argentin, à peine perceptible pour mes sens grossiers, semblable à celui du criocère du lys dans nos parterres ; c'était une douce chanson d'amour.

Je vis aussitôt s'agiter le feuillage d'une autre menthe, située à peu de distance et un second insecte, de l'espèce d'Emeraude, se montra au sommet d'une branche, comme au haut d'un observatoire.

Son corselet n'avait pas les reflets de moire verte de la jolie femelle ; on eût dit plutôt des teintes fauves et brillantes d'une cuirasse d'or. Du reste, ses allures étaient nobles et hardies ; ses palpes se relevaient en glorieux panache et ses antennes surmontaient belliqueusement sa tête comme le cimier d'un paladin du moyen-âge. C'était évidemment un jeune amoureux aussi vaillant que beau, tendre et courtois.

Il écouta un moment le chant provocateur d'Emeraude, mais le chant cessa brusquement. Sans doute on l'avait aperçu et on s'était réfugiée dans le lieu le plus secret du petit boudoir de verdure. Vain manège ! le galant ne s'y laissa pas tromper. Sans prendre le temps d'ouvrir ses ailes, il s'élança impétueusement et vint tomber non loin de la coquette, palpitante de plaisir et de frayeur.

Les rôles changèrent alors. Cuirasse-d'Or tout à l'heure si fier de son bel équipage, de son ardeur, de son amour, devint humble et respectueux devant la beauté. Sa contenance était suppliante ; il s'étudiait à ne pas effaroucher la gracieuse Emeraude. Arrivé près d'elle, il s'arrêta timidement, agita ses antennes par un mouvement souple et onduleux ; il semblait peindre sa flamme dans les termes les plus délicats.

Emeraude faisait la cruelle; de temps en temps elle détournait la tête d'un air de dignité et de pudeur. L'amant, de son côté, se montrait pressant. Peu à peu la distance entre eux diminua; deux jolies petites pattes se joignirent; le triomphant panache de Cuirasse-d'Or (l'étourdi ne l'avait pas ôté pour embrasser sa dame!) s'inclina vers l'épaule verte d'Emeraude, et ils échangèrent un baiser que l'écho ne répéta pas.

Cependant un terrible rival accourait pour disputer à Cuirasse d'Or sa séduisante conquête.

Je le vis bientôt se glissant traîtreusement le long de la tige rugueuse de la menthe. Il était deux fois plus gros que le gentil amoureux et il devait avoir au moins le double d'âge. Son extérieur trahissait un naturel brutal, querelleur, féroce. Sa tête, son corselet, ses élytres, tout était noir, terne, souillé. Ses antennes froissées et tordues semblaient avoir reçu des atteintes dans maintes batailles sanglantes. Une de ses jambes avait même été coupée ; et, en marchant, il agitait dans le vide un moignon affreux, de l'aspect le plus repoussant.

Le couple sans défiance s'enivrait d'amour quand la tête hideuse du Mutilé, armée de robustes mâchoires, se montra tout à coup.

Le formidable intrus, prudent jusque dans ses violences, avait fait halte, les pattes posées sur l'angle externe de la feuille. Après un moment d'examen, il enjamba gauchement cette plateforme tremblante et s'avança avec insolence.

A cette horrible apparition, la pauvre

Emeraude tomba à la renverse. Elle fris-
sonnait d'horreur, elle conjurait son amant
de la défendre ; puis l'émotion devenant
trop forte, elle resta immobile comme si
elle eût perdu tout sentiment.

Mais le brave Cuirasse-d'Or s'était placé
devant elle et lui faisait un rempart de son
corps. Sa contenance était si ferme, si réso-
lue que le Mutilé s'arrêta de nouveau.
Les deux rivaux semblèrent se mesurer du
regard et se défier, à la manière des guerriers antiques, avant d'en venir aux mains.

Un combat à mort était inévitable ; Emeraude, la touchante Emeraude devait être
sans partage le prix du vainqueur.

Aussi tous les insectes du voisinage étaient-
ils attentifs à ce qui allait se passer sur cette
feuille érigée en champ clos.

Des araignées faucheux avaient escaladé les hauteurs d'une grande-marguerite pour ne perdre aucun détail du tournoi. D'élégantes libellules jaunes et bleues, nobles dames au corsage délié, s'étalaient prétentieusement aux premières loges, sur les grappes purpurines d'une jacinthe sauvage.

Plus bas, quelques scarabées à ventre rebondi, graves juges du camp, observaient les tenants avec des lorgnettes faites de fleurs de lilas.

Une bande noire de fourmis formait la plèbe des spectateurs. Ces avares campagnardes avaient un moment interrompu leurs travaux ; et chacune d'elles, montée sur le morceau de graine ou de moucheron qu'elle devait transporter au magasin commun, regardait les préparatifs de la lutte, bouche béante..., peut-être pour dévorer le vaincu.

Au milieu de cette attente générale le combat à outrance commença.

Muse! redis-moi les exploits de ces valeureux champions.

Cuirasse-d'Or, le plus ardent et le plus leste, avait frappé le premier ; sa patte au tarse étincelant s'était abattue sur le front du sombre Mutilé. Mais celui-ci soutint l'assaut avec l'impassibilité d'un vieux guerrier. Du revers de son gros tibia il para le coup, en même temps qu'il cherchait à saisir dans ses larges mâchoires transversales la tête de son ennemi. Une rapide évolution sauva Cuirasse-d'Or qui revint à la charge avec une impétuosité nouvelle.

Bientôt les combattants portèrent les marques de leur mutuel acharnement. Ce qui restait de palpes et d'antennes au Mutilé était tombé sous le tarse flamboyant de Cuirasse-d'Or. L'amant d'Emeraude au contraire avait su préserver avec habileté les superbes ornements de son chef ; mais les puissantes mandibules du Mutilé s'étaient profondément imprimées dans sa gorge, et le sang coulait sur son armure.

Le combat durait ainsi depuis quelque temps avec des chances à peu près égales, quand les deux adversaires semblèrent vouloir le terminer par un assaut décisif. Ils se ruèrent à la fois l'un sur l'autre, se saisirent bouche à bouche, et tandis que leurs pattes de devant s'entrecroisaient rapidement, comme des épées nues, celles de derrière se raidissaient avec vigueur. On eût dit de deux robustes athlètes cherchant à se faire plier les reins.

Le moment était solennel.

Les élégantes spectatrices de la jacinthe avaient l'air d'éprouver des spasmes nerveux ; les scarabées ventrus engageaient des paris ; et de légers papillons, postés sur les coquelicots environnants, attendaient avec anxiété le résultat du combat pour en porter la nouvelle jusqu'aux limites les plus reculées de la prairie.

Ce résultat ne fut pas longtemps douteux. Le brave Cuirasse-d'Or, entraîné par son ardeur, n'avait pas su ménager ses forces. Un faux mouvement le perdit ; ses pattes de derrière fléchirent... aussitôt il fut comme brisé en deux, et un robuste coup de tête du Mutilé le lança dans l'espace.

C'en était fait du beau défenseur d'Emeraude !

Alors un frémissement de terreur monta
de la racine des graminées aux ombelles les
plus élevées de la majestueuse branche-ur-
sine. Les libellules se cachèrent les yeux sous
leurs ailes de gaze ; une cantharide trop sen-
sible ne put regagner un frêne voisin et
tomba évanouie entre les bras d'un gros
hanneton, son compère ; une courtilière, faisant trêve à ses instincts féroces, laissa
échapper un vermisseau qu'elle était prête
à dévorer.

Pour moi, je plaignais moins encore Cuirasse-d'Or que sa triste compagne. La pauvre Emeraude qu'allait-elle devenir ?

Après une courte pause, le vainqueur mar-
cha vers elle. Jamais son aspect n'avait été

aussi épouvantable. Ses pattes à demi-arrachées pouvaient à peine le porter ; les débris dégouttants de ses palpes se hérissaient sur sa tête ; son armure noire était inondée de sang. Néanmoins, il s'approcha en clopinant d'Emeraude qui restait comme anéantie, et, posant son hideux moignon sur la robe pure de la petite, il sembla dire, d'un air de triomphe : « Elle est à moi ! »

Ce seul contact rendit le sentiment à la malheureuse amante. Elle tressaillit et se releva convulsivement ; puis, folle de douleur et d'effroi, elle commença à grimper avec légéreté le long de la tige de sa plante natale. A son air d'égarement, on jugeait qu'elle venait de prendre une résolution tragique et désespérée.

Mais le farouche Mutilé, opiniâtre dans

l'amour comme dans la haine, se mit à sa poursuite. Malgré la douleur que devaient lui causer ses blessures, il montait toujours d'un pas rapide. La pauvrette éperdue gagna l'extrémité supérieure de la menthe.

Parvenue au point culminant, d'où elle dominait tout un horizon de fleurs, elle jeta autour d'elle un long et morne regard. Peut-être adressait-elle un dernier adieu à cette splendide nature, à ce radieux soleil qu'elle allait quitter ; peut-être donnait-elle une dernière pensée d'amour à celui qui venait de mourir pour sa défense!... Mais l'ébranlement communiqué à la foliole, son unique asile, lui annonça l'approche de son odieux persécuteur.

Alors elle n'hésita plus ; ramenant chastement ses petites pattes contre son corsage gracieux, elle se précipita d'une effrayante hauteur.

Je me baissai pour voir ce qu'elle était devenue. Je la trouvai palpitante et brisée à côté du corps inanimé de Cuirasse-d'Or. La tendre amante, réunissant ses forces, se traîna péniblement jusqu'à lui, l'étreignit avec passion et parut vouloir le réchauffer de ses caresses. Hélas ! tout fut inutile ; pour les insectes, comme pour les créatures plus puissantes, la mort impitoyable ne rend jamais sa proie !

Emeraude le sentit enfin ; elle appuya sa tête sur la poitrine de son ami ; agita avec lenteur ses palpes de soie et mourut doucement, comme si elle s'endormait d'un paisible sommeil.

Je songeais déjà à ensevelir ces époux infortunés dans une même feuille de rose et à les enterrer au pied de leur menthe, quand une terreur panique se manifesta autour de moi. Les faucheux faisaient de grandes enjambées pour gagner du terrain ; les papillons s'envolaient à tire-d'ailes ; les fourmis s'enfuyaient en désordre, oubliant leurs fardeaux ; le grillon épouvanté se réfugiait silencieusement dans son trou. Enfin, les herbes tremblèrent à quelque distance , et, s'entr'ouvrant brusquement, laissèrent passer le museau pointu d'un monstre énorme, c'est-à-dire d'un mulot en tournée de chasse.

Avant que j'eusse pu faire un mouvement ou pousser un cri, les corps d'Emeraude et de Cuirasse-d'Or avaient trouvé un tombeau dans le vaste estomac de ce tigre de la prairie.

. . . . :

. . . .

. . . .

Je cherchai des yeux le Mutilé. Il avait voulu utiliser sa fatigante ascension et grignotait philosophiquement les pousses tendres et succulentes du sommet de la menthe.

Dans la nature, comme dans les drames modernes, c'est donc aussi le vice qui triomphe, la vertu qui succombe et meurt?

FIN DU DRAME SOUS UN BRIN D'HERBE.

LA MÉSANGE BLEUE.

Pendant une belle journée de l'hiver dernier je me promenais au Jardin-des-Plantes.
La neige couvrait la terre, et les arbres avec
leur tête poudrée semblaient de petits-maî-
tres de la régence. Peu de promeneurs se
montraient dans les vastes allées ; et le soleil
terne qui perçait avec peine un voile épais

de vapeurs ne réchauffait pas la nature silencieuse.

J'errais au hasard dans un des endroits les plus écartés du jardin, quand une jolie scène attira mon attention. Un jeune garçon de douze à treize ans, parfaitement mis, et en grand deuil, avait balayé la neige sur un petit espace et s'amusait à jeter des miettes de pain aux oiseaux du voisinage. Un vieux domestique en livrée semblait veiller sur lui, et portait le manteau que l'enfant avait quitté pour ne pas effrayer ses protégés.

Beaucoup de charmants oiseaux étaient venus à ce banquet. Les moineaux, si familiers et si gourmands, se disputaient les morceaux les plus gros avec un ramage continuel ; des rouges-gorges descendaient ti-

midement du sommet des marronniers pour
prendre part à la fête ; les mésanges arri-
vaient les unes après les autres et empor-
taient dans les buissons les plus solitaires
la miette de pain qu'elles avaient ravie en
passant ; et toutes ces gracieuses petites bêtes chantaient, pépiaient, rossignolaient à
plaisir, comme pour remercier leur bienfai-
teur.

L'enfant regardait avec une vive expres-
sion de joie ces délicieux ébats des oisillons ;
il suivait de l'œil ceux qui paraissaient les
plus faibles et qui restaient à l'écart, il leur
jetait leur nourriture sans les effaroucher
et il souriait naïvement quand ils avaient
pu la soustraire à la voracité des plus forts
et des plus hardis. Je m'approchai à mon tour
et je partageai aux pauvres affamés un gâ-

teau que je venais d'acheter. L'enfant me remercia par un regard affectueux.

— Les malheureuses créatures, me dit-il,
ne trouvent pas leur nourriture sur cette
terre couverte de neige ; il faut bien avoir
pitié d'elles.

— Vous aimez donc bien les oiseaux ? lui
demandai-je.

— Oh ! oui, me répondit-il en détournant
les yeux comme pour cacher une larme ;
surtout les mésanges.

Je compris qu'il y avait dans cette afflic-
tion quelque douloureuse histoire, et je n'o-
sais l'interroger davantage ; cependant il me
semblait bien intéressant de pénétrer ce secret d'un enfant chez qui je trouvais tant de
candeur et de poésie. Je ne vous dirai pas
par quels moyens je parvins à exciter sa con-

fiance et comment je l'amenai à me faire ce
récit que je désirais sans oser le demander ;
mais il consulta tout bas le vieux domestique
qui semblait lui servir de mentor, et il me
dit d'une voix douce et mélancolique, pendant que nous nous promenions à pas lents
dans une allée déserte :

— Oui, monsieur, j'aime ces jolis oiseaux des champs, car ils me rappellent de
bien tendres et bien chers souvenirs... je les
aime, non pas comme d'autres, en les em-
prisonnant dans une cage et en les privant
de l'air et de la liberté dont ils jouissent par
la volonté de Dieu, mais en protégeant ces
frêles existences qui ne nuisent à personne
et qui sont un charme pour tous.

Ces paroles si simples, et pourtant si sa-
ges, m'étonnèrent d'un enfant de cet âge.

Mais je me souvins qu'il y a aussi une
précocité que donne la douleur, et sans
doute cette précocité n'avait pas manqué à
mon jeune ami. Il reprit avec un soupir :

— J'avais une sœur moins âgée que moi
d'une année, qui déjà pensait comme moi.
Pauvre petite Nina ! elle eût pleuré à voir
souffrir le papillon qu'elle avait surpris sur
une fleur ! Elle était si douce, si bonne, si
craintive !... pauvre petite Nina !

Je jetai les yeux sur les vêtements noirs de
l'enfant et je compris pourquoi il pleurait.

« L'été dernier, continua-t-il après un
moment de silence, j'étais à la campagne
avec Nina. Un jour nous nous promenions
dans le parc et nous jouions tout à l'aise,
quand le cri rauque d'un épervier se fit entendre derrière un buisson voisin. Nina eut

peur et voulut s'enfuir, mais je la retins et
nous nous approchâmes du buisson pour en
chasser le vilain oiseau de proie qui s'envola
lourdement avec ses grandes ailes. Des plumes fines et déliées volaient çà et là ; nous
écartâmes les branches de coudrier et nous
vîmes un pauvre nid que l'épervier avait
saccagé. Les petits avaient été dévorés ; un
seul était encore vivant au milieu des restes
sanglants de ses frères, et poussait des cris
de désespoir comme pour nous appeler à
son secours. La mère avait péri, sans doute
en défendant sa couvée ; il n'y avait que
celui-là, le plus chétif de tous, qui eût été
épargné.

« Nina le prit délicatement dans sa main.

« — Pauvre petit ! dit-elle, il n'a plus ni
sa mère ni ses frères, et peut-être le méchant

épervier va revenir! Si nous l'abandonnons,
il mourra de faim ou il sera dévoré...

« — Eh bien! dis-je, il faut le garder;
quand il sera devenu fort et quand il pourra
chercher sa nourriture, nous lui rendrons la
liberté.

« Nina fut bien joyeuse, et elle apporta le
petit oiseau à la maison. Elle lui fit un nid
de coton blanc, et tous les deux nous en eûmes le plus grand soin.

« Bientôt notre favori prit de l'accroisse-
ment. Au lieu de cette petite créature nue et
souffreteuse que nous avions recueillie, nous
eûmes une jolie mésange, vive et sémillante,
avec des ailes bleues, un ventre jaune citron,
et une huppe azurée qu'elle relevait fièrement dans ses moments de joie ou de colère.
Elle voltigeait dans la chambre, sautant et

pépiant toute la journée; elle semblait nous redemander sa liberté. Alors je dis à Nina : « Il ne faut pas que nous ayons sauvé la vie à cette pauvre bête pour la retenir prisonnière.

« Nina se mit à pleurer; mais elle prit la mésange et nous descendîmes au jardin.

« Le temps était serein, le ciel pur, le soleil brillait dans tout son éclat. Les arbres étaient couverts de fruits, et les plates-bandes du parterre étaient remplies de fleurs. Quand Nina vit la nature si belle, elle dit en regardant l'oiseau qui se débattait dans sa main :

« — L'ingrate va nous oublier bien vite !

« Nous donnâmes chacun un baiser à notre élève, et Nina ouvrit la main en détournant les yeux.

« La mésange fendit l'air d'un coup d'aile rapide et alla se percher sur un arbre voisin. Là elle commença à chanter comme pour célébrer sa délivrance ; et tout harmonieux qu'était ce ramage, il déchirait le cœur de Nina. Elle s'était assise au pied de l'arbre et elle en regardait tristement la cime. Tout-à-coup elle ne put plus contenir sa douleur, elle tendit les bras vers la mésange en appelant : — *Bluette ! Bluette !* c'était le nom qu'elle lui avait donné.

« Bluette, à cette voix si connue, descendit de l'arbre et vint se percher sur l'épaule de sa jeune maîtresse. Oh ! comme Nina fut heureuse alors ! Combien elle fit de caresses à son amie qui l'agaçait avec son petit bec noir ! Ma sœur parlait de sa voix douce et musicale, et la mésange chantait toujours ;

des larmes coulaient encore sur les joues de Nina, et Bluette les essuyait de son aile soyeuse!

« — Tu vois bien, me dit Nina avec orgueil, Bluette ne veut plus me quitter jamais!

« Pauvre petite sœur! elle ne savait pas qu'elle disait aussi vrai!... »

L'enfant s'arrêta encore, oppressé par ses souvenirs. Il passa la main sur ses yeux et reprit :

« Dès ce moment commença une amitié plus intime encore entre Nina et la mésange. L'oiseau ne quittait plus sa maîtresse; il la suivait en voltigeant dans toute la maison; il la reconnaissait au son de sa voix, au bruit de ses pas. Le nom de Bluette prononcé par Nina le faisait accourir du fond du jardin où il allait en liberté. Le matin c'était lui qui venait la réveiller ; il écartait, en chantant, les rideaux, se posait sur son chevet, et béquetait les lèvres roses de la petite fille endormie. Heureuse Bluette ! qui embrassait Nina avant notre bonne mère et avant moi !

« Cependant la belle saison s'écoula ; il fallut revenir à Paris. Ma sœur était maladive et on disait qu'elle avait besoin des secours des plus grands médecins. Quand nous fûmes arrivés ici, elle se trouva encore plus mal qu'auparavant, et bientôt elle ne sortit plus de sa chambre. Souvent je voyais les femmes de service échanger à voix basse des paroles tristes, et ma mère en causant avec ma sœur et avec moi se cachait quelquefois pour pleurer ; mais je ne comprenais pas encore ce que c'était que mourir !

« Bluette suivait partout sa maîtresse. Celle-ci ne pouvait souffrir non plus que sa mésange s'éloignât d'elle, et dans sa naïveté d'enfant et de malade, elle contait ses souffrances à son amie. Que de fois ai-je vu Bluette perchée sur le petit doigt blanc et effilé de Nina, écoutant avec sympathie les plaintes de ma sœur ! Dans ces moments douloureux, elle avait perdu son ramage ; plus d'agaceries, de battements d'aile. Elle était triste, pensive, comme si elle eut senti les maux dont on lui faisait le récit. Quand Nina, épuisée de sa causerie, gardait le silence, Bluette avançait bien doucement sa petite tête bleue pour lui donner un baiser d'encouragement, puis toutes deux s'endormaient dans leur alcôve de gaze blanche !

« Un jour on m'avait laissé seul un moment dans la chambre de ma sœur. Je la croyais assoupie, quand tout-à-coup je l'entendis m'appeler d'une voix faible. Je m'approchai d'elle avec empressement.

« — Adieu, frère, dit-elle, je sens que je vais mourir... Où est maman?

« Je voulus la rassurer, et je lui dis que maman allait rentrer.

« — Embrasse-moi, me dit-elle.

« Je me penchai vers elle pour l'embrasser ; mais elle venait de retomber sans mouvement sur le chevet.

« Elle était morte !...

« Je poussai un grand cri et je me jetai à genoux au pied du lit.

« En ce moment la mésange qui reposait près de ma sœur prit son vol et s'échappa avec un petit ramage plaintif, par la fe-

nètre entr'ouverte. Je crus voir l'âme an-
gélique de ma chère Nina monter vers le
ciel sur ses ailes d'azur!... »

Ici je pris la main de l'enfant et je la pres-
sai dans la mienne. Il me remercia par un
signe de tête. Son vieux domestique, qui s'é-
tait rapproché de nous pendant ce récit,
avait les yeux pleins de larmes.

— Ils vous diront tout ce que j'ai souffert,
continua l'enfant en me montrant son fidèle
surveillant ; ma pauvre sœur n'aimait pas
un ingrat !

Comme il se taisait, je lui demandai timidement :

— Et la mésange, savez-vous ce qu'elle
est devenue ?

Il fit un effort sur lui-même et continua:

« Aussitôt que j'eus repris un peu de forces, je demandai qu'on me conduisit au tombeau de Nina, dans le cimetière du Père-Lachaise. Je m'agenouillai sur le marbre et je priai pour ma sœur. Le chant d'un oiseau qui se fit entendre près de moi attira mon attention. Je levai la tête et j'aperçus sur un cyprès voisin une mésange bleue. Mon cœur battit violemment. J'appelai : « Bluette ! Bluette ! » comme appelait ma sœur ; et la mésange vint se placer sur mon doigt.

« Je mouillai de mes larmes cette charmante créature ; je la couvris de baisers. Elle se tut, et au bout d'un moment elle alla se réfugier dans les couronnes de fleur d'oranger et d'immortelles qui ornaient la croix du tombeau, comme pour me dire qu'elle appartenait encore à celle qui gisait sous nos pieds.

« Chaque fois que j'ai visité le cimetière, j'ai vu Bluette auprès de sa petite maîtresse. Le jour elle chantait sur sa tombe, et la nuit elle couchait dans les fleurs virginales que des mains amies y sont venues déposer.

« Il y a quelques jours, nous avons trouvé Bluette morte de froid à sa place accoutumée... Elle n'a pas voulu quitter la pauvre Nina! »

Pendant ce récit, nous étions arrivés à la grille du pont d'Austerlitz. Une voiture attendait l'enfant et son conducteur. Au moment de me quitter il me dit avec un sourire mélancolique :

— Vous voyez pourquoi j'aime les oiseaux !

FIN.

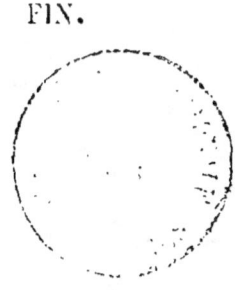

TABLE.

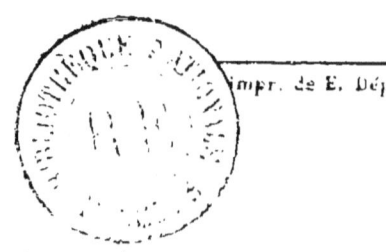

impr. de E. Dépée, à Sceaux.